GOLDEN KAMUY
映画ノベライズ
ゴ
カムイ

集英社オレンジ文庫

映画ノベライズ

ゴールデンカムイ

宮本真生
原作／野田サトル
脚本／黒岩　勉

本書は、映画「ゴールデンカムイ」の脚本（黒岩　勉）に基づき、書き下ろされています。

映画ノベライズ

GOLDEN KAMUY
ゴールデンカムイ

塹壕《ざんごう》の前を通った蟻《あり》を口に入れると、強い酸味が舌に広がった。

「すっぱい」

「腹減ったなあ」

杉元《すぎもと》の呟《つぶや》きに対して、同郷で連隊も同じである寅次《とらじ》も小言を漏らす。既《すで》にこの戦場では米粒ほどの蟻でさえ貴重な食料となっていた。

そんな明治三七年。二〇三高地。

旅順《りよじゆん》郊外に位置するその丘陵《きゆうりよう》は、二〇三m《メートル》の標高があった事からそう呼ばれている、日露《にちろ》戦争の激戦地だ。

投入された日本兵は延べ十三万人。そのうち死傷者は六万人。

一方でロシア兵の死傷者は四万六千人。

今後両軍共に多大なる死者を出すこの地では、今はロシア軍と日本軍の兵士が互いに睨《にら》み合い、地面を血と死体と銃で埋め尽くしていた。

杉元佐一《さいち》も、その無数の銃のうちの一つだった。

ただ唯一違うのは、彼は無数の死体の一つにはならなかった。

「いざとなったら、奴らの白いケツをかじってでも俺は生き抜いてやる。なあ寅次」

隣にいた寅次の頷《うなず》きと、ほぼ同時だった。

「突撃ぃ！」

「進めぇぇぇえ！」

分隊長の朗々《ろうろう》とした指揮の下、両軍が激しくぶつかり合う。銃弾は雨霰《あめあられ》のように戦場へと降り注ぎ、砲弾の轟音《ごうおん》は杉元の鼓膜《こまく》を絶えず震わせ続けた。

それでも、彼は死ななかった。

常人ならば致命傷となりうる傷を受けながらも、杉元はまだ止まらない。それどころか臆《おく》する事なく敵兵に突っ込んで、逆に敵の首元に銃剣を突きつけていた。

軍帽の下にあるぎらついた目は微塵《みじん》も揺れる事はない。体中に刻まれた無数の傷こそが、彼が幾度も死線をくぐり抜けてきた証《あかし》だ。

「うおおおおお！」

正に鬼神のような戦いぶりから、付いた名が『不死身の杉元』。

「俺は、不死身の杉元だぁあああ！」

その名は軍の中にとどまらず、後《のち》に蝦夷《えぞ》の地に広がる事となる。

＊＊＊

時は移ろい明治三九年、北海道。

吐く息も白く染まる山奥の渓谷《けいこく》。

杉元が笊《ざる》で砂金を探していたところ、背後から湿った声が届いた。

「よお」

「調子はどうだい？　ええ？」

杉元は作業をする手を止め、振り返る。

声の主は、杉元と同じく砂金を採りに来ていた初老の男だった。

彼とは深い間柄ではない。たまたま目的が一緒だったというだけで、お互い素性《すじょう》はよく知らないし、知るつもりもなかった。日付が変われば顔さえ忘れてしまいそうな、そんな軽薄な関係だ。

そしてこの男、砂金を採りに来たわりには先程からいっこうに動こうとしない。

何ならずっと酒を飲んでばかりだ。ただでさえ浅黒い肌がすっかり上気している。

「さっぱりだな」

杉元はため息にも似た白い息を吐き、首を振る。

一攫千金《いっかくせんきん》を夢見てはるばる東京から来たというのに、金塊《きんかい》も金粒も砂金でさえもどこにもない。明治の初めが最盛期だったとはいえ、ここまで糠《ぬか》に釘《くぎ》だとは。

嘆いていると、男は赤い顔で値踏みするようにこちらを見た。

「戦争帰りの奴らから聞いたぜ。あんた不死身の杉元って呼ばれてたんだってな」

前言撤回。杉元はこの男の事をよく知らないが、男は杉元を知っているようだ。

「瀕死《ひんし》の重傷を負っても、翌日には走り回っている。銃剣で刺しても機関銃で撃たれても殺せないって。ホントなの？」

どうせ、興味本位の質問だろう。かなり酒も回っているようだし、真面目に答える必要もあるまい。杉元は「なかなか死ねないもんだよ」とだけ言って再び笊を川に浸け始めた。

「でも、だったら勲章《くんしょう》とかねえのかよ？」

「気に入らない上司を半殺しにしなきゃ、金鵄《きんし》勲章貰《もら》って今頃はぬくぬく年金暮らしだ」

「あっそう。まあどうでもいいや」

清流の音をかき消すように、男の無愛想な声が響いた。本当にこの男は何しにここに来たのだろうか。気にはなったが今は目先の金探しが大事だ。

「──それよりあんた。面白い話してやろうか？」

作業に集中しようとしたところだった。

ほんの少し、少しだけ男の声に熱が帯びる。

「砂金にまつわる話だ」

「砂金？」

男は酒臭い息と共に言葉を続ける。

「北海道じゃあ昔は、あちこちの川で大豆《だいず》ぐらいの砂金がザクザク採れた。ゴールドラッシュってやつさ」

その量は一日三〇匁《もんめ》。現在の換算にするとおよそ一一二グラムだ。確かにそれほどの採掘量なら、そのような大層な名がついてもおかしくはないだろう。

「で、その頃土地を奪うなどして迫害してきた和人《わじん》達に抵抗するために一部のアイヌ達が密かに軍資金を貯《た》めてたらしい。金塊をごっそりとな。だがそれを一人の男がぶんどった。砂金を持っていたアイヌを皆殺しにしてな」

盗《と》られた金の量は二〇〇貫《かん》！　八〇萬圓《まんえん》（約八〇億円）の金塊だ！

酩酊《めいてい》ゆえの与太話《よたばなし》には違いないだろうが、語り口は妙に艶《つや》っぽく雰囲気がある。自《おの》ずと杉元は作業をする手を止め、男の話に耳を傾けていた。

「その男は、北海道のどこかに金塊を隠した後、捕まり牢《ろう》屋にぶち込まれた。地の果ての地獄《じごく》。網走《あばしり》監獄だ」

なるほど。であれば脱出はまず不可能だろう。目も眩《くら》む大金を得たにもかかわらずその大金を使う機会がないとは、随分《ずいぶん》と皮肉な話だ。

「男は何をされても、金塊の在処《ありか》を絶対に吐かなかった。挙句の果てに脱獄できないよう片足の腱《けん》を切られた。男には外に仲間がいたようだが、手紙は一切書こうとしなかった。看守が盗むからだ」

出所間近の囚人《しゅうじん》に手紙を持たせるのも無駄だという。看守もそのような事は予想済みで、出所する際はケツの穴までも調べられるからだ、と。

正に万事休《ばんじきゅう》す。常識的に考えると八方塞がりのように思えるが。

「さあ、あんたならどうするかね？　どうやって財宝の在処を外の人間に伝える？」

「どうやったんだ？　早く言えよ」

見当もつかないというのもあったが、答えが知りたいと思う気持ちが高まった。

杉元の催促に、男はにやりと一瞬間を作る。

「刺青《いれずみ》だよ」

「刺青？」

「炭焼き労働で手に入れた炭と唾液《だえき》を混ぜて、隠し持った針でコツコツと、な。同じ房になった死刑囚達の体に、埋蔵金《まいぞうきん》の在処を記した暗号を彫ったんだ。どうやら囚人達の刺青は全員で一つの暗号になっているらしい」

男は茹《ゆ》で蛸《だこ》のような顔で続ける。

「そして男は、囚人達にこう言った」

ここから脱獄しろ。成功した奴には金塊を半分やる、と。

興味深い話だが、かなり酒が回っているようだ。先程から男の頭部はゆらゆらと海月《くらげ》のように揺れている。これでは信憑性《しんぴょうせい》もあったものではない。

それでも男は話し続けた。酩酊の中、夢か現《うつつ》かもわからない話を。

「そんな中、刺青の噂《うわさ》を聞いた屯田兵《とんでんへい》のはみ出し連中が死刑囚を移送すると言って強引に外に連れ出した。軍も金塊を狙っていたからな。だが死刑囚達はその時を待っていた」

移送中だった囚人達は護衛の兵士を皆殺しにして、全員が森の中に消えた。

そう言って、男はこの長い話を締めた。

随分と具体的な話だったが、男は相変わらず朦朧《もうろう》としたように頭を上下し、何度も大きな生欠伸《あくび》を見せる。続きを待っていた杉元からすれば拍子抜けだ。

「それでどうなったんだ？　脱獄した囚人や金塊は？」

「それっきり、さ」

それが、男が発した最後の言葉だった。男は問いには答えずに、すぐにすやすやと寝息を立て始める。もう杉元が何を言ったとしても、彼の耳には届かなそうだ。

「……どうせまたホラ話だろ」

最終的に、杉元は今の話をそう結論づけた。

前にも全滅したはずのエゾオオカミがまだ生き残ってるとホラを吹いていたので、今回もその類《たぐい》の眉唾《まゆつば》なものに違いない。また無駄話に時間を使ってしまった。

おまけに先程から動いていないので、体が芯《しん》まで冷えている。気持ちよさそうに眠る男を横目に、杉元も焚《た》き火の前で暖を取り始めた。

そうしていると、自ずと杉元の瞼《まぶた》も重くなる。

微睡《まどろ》みの中で杉元が引きずり込まれたのは、命が塵《ちり》のような扱いだった奉天会戦《ほうてんかいせん》だった。

＊＊＊

正に地獄の光景だった。

ロシア兵も日本兵も、誰もかれもがばたばたと死んでいく地獄。銃弾は戦場へ吹き荒れて乾いた地面を真っ赤に染める。

殺さなければ殺される。

ていた。

純然たる暴力の道理が支配するこの場所で、杉元はただひたすらに相手の命を奪い続けていた。

「うおおおおお！」

しかし、その道理は自分だけに適応されるわけではない。相手だって同じだ。ここでは誰もが生き残るために人を殺す。

殺す者と殺される者。二つは表裏一体《ひょうりいったい》であり、いかなる時でも容易に裏返るのだ。

杉元にとって、その死神は言わずもがなロシア兵だった。

名も無きロシア兵は、手榴弾《しゅりゅうだん》を抱えながら杉元に突進する。しかし杉元は目の前の敵と向き合うのに精一杯で、その息遣いも感じ取れていない。

決着は一瞬かと思われた。しかし杉元にその時は訪れなかった。

寅次が、杉元の体を塹壕へと投げ飛ばしたからだ。

「──っ」

ようやく杉元は、死が自分の首元まで迫っていた事に気づく。だがそれを知った時には、既に自分は塹壕の中だった。

杉元は、親友がロシア兵と共に爆発に巻き込まれるのをただ無力に見ていた。

「寅次いいいいいいい！」

杉元の悲鳴は、すぐに手榴弾による爆音にかき消された。

＊＊＊

眠りから覚めた杉元が最初に目にしたものは、自身に向けられた銃口だった。

「…………」

状況が理解できず、少し混乱する。

杉元に銃を向けていたのは、先程まで与太話を繰り広げていたあの男だった。洞《ほら》のような目をこちらに向けて、静かに立っている。

しかしなぜ彼は自分に銃を向けているのだろうか。心当たりがまるでない。

「喋《しゃべ》りすぎた」

発した声色《こわいろ》は固い。じっと顔を見るが、血色は既に元に戻っていた。

どうやら、酔っているわけでもなさそうだ。勿論《もちろん》ふざけているわけでもないのだろう。

まるで何かに追われるように、こちらに銃口を向けて撃鉄を起こそうとする。

「……」

多少動揺はあった。がすぐに杉元は銃口を手で掴《つか》むと、それを自身の心臓に向けた。

「——試してみるか。俺が不死身かどうか」

引き金一つで命を奪える状況に、男がごくりと躊躇《ちゅうちょ》を見せる。しかしそういった躊躇《ためら》いは命のやり取りの場では無用である事を、杉元は幾多の戦場を通して知っていた。

彼が銃口の先に気を取られていた隙《すき》に、杉元は近くに転がっていた石を手に取った。

ゴン！　と。

間髪《かんはつ》容《い》れずに石を男の眉間《みけん》へ投げつけると、男は短い悲鳴と共に地面へと転がった。倒れる男を余所《よそ》に、杉元はすぐに銃を奪い取り、撃鉄を起こす。

形勢が一気にひっくり返る。今度は杉元が男に銃口を向ける番だった。

だが、男には杉元に立ち向かおうとする胆力は持ち合わせていなかったようだ。男は血を流したまま一目散にその場を後にし、林の中へと消えていく。

「……」

男の姿が完全に消えたのを見て、杉元はようやく緊張を解いた。この寒気にもかかわらず、銃を握った手がじわりと汗で濡《ぬ》れている。

原因は恐怖でもなければ、安堵《あんど》でもない。高揚から来るものだ。

「……さっきのは、ただの与太話ってわけではなさそうだな」

酔っ払った勢いで喋りすぎて、急に怖くなったというところか。そうなると、先程の話が急に現実味を帯びてくる。自然と手に汗も滲《にじ》むというものだ。

男はまだ何か知っているのだろうか。そもそもどこでその話を聞いたのだろうか。

アイヌの黄金は、果たして本当に存在するのだろうか。

色々問い詰めたい事はあるが、どのみちこのまま野放しにしておくわけにはいかない。

杉元は男を捜すために、自《みずか》らも林の中へと足を踏み入れた。

＊＊＊

雪山の渓谷近くの山林は、昼間でもどこか薄暗い。

周辺を漠然と探っている杉元の背後から、突如《とつじょ》数羽の鳥が飛んでいった。歩くのもひと苦労な雪道も、彼ら鳥達にとってはどこ吹く風のようだ。鳥達は一瞬にして杉元を抜き去り周辺の木々の葉をばたばたと揺らす。

「……？」

何気なく鳥達の軌跡を目で追っていた杉元だったが、ふいにその足どりが止まった。

林から抜け、開けた視界の先に奇妙なものがあったからだ。

ソレは、雪の中に埋まっていた。

人がそうしたと考えるには無造作で、手足と顔は雪の外へと飛び出している。皮膚《ひふ》は既に青黒くなっており、目は光彩を失ったままぴくりとも動かない。

「おい、どうした？」

声が出るのに、思ったよりも時間がかかった。


雪に埋まっていたのは杉元が追っていた、あの男だったのだ。


あまりにも奇天烈《きてれつ》な光景だったので、状況の理解よりも心配が勝った。何せそのままだと間違いなく凍傷になる。杉元は早く彼を出してやろうと男の両腕を引っ張り上げた。

そして驚かされる。

雪の中から露《あらわ》になった男の胴体からは、内臓がごっそり抜け落ちていたのだ。

男は、既に絶命していた。しかし明らかに普通ではない死に方だ。いったい男の身に何が起きればこのような壮絶な死を迎えるのだろうか。

その疑問には、近くにあった人の顔ほどの大きさの足跡が答えとなった。

「ヒグマ……」

背筋に冷たい汗が流れる。

ヒグマだ。ヒグマが食い残しをここに埋めたのだ。どこかで聞いた事があるが、ヒグマは食い切れない獲物に土をかぶせ、土饅頭《どまんじゅう》にするらしい。

ヒグマにとってこの行為は『これは自分の獲物だ』と宣言するためらしい。いずれにせよ状況を考えると、男はヒグマに襲われたとみて間違いないようだ。

ヒグマに出会うなんてついてない男だ。そう同情した杉元だったが、はだけた男の体を見て思わず身を前に乗り出す事になる。

男の肌に描かれていたのは、おかしな模様の刺青だった。

刺青はまるで蛇《へび》のように体にぐるりと巻き付いていた。ところどころに用途の不明な漢字も刻まれている。市井《しせい》の人が見ると珍妙な刺青だと一蹴《いっしゅう》するだけかもしれないが、先の話を聞いた杉元には、まるで違ったものに見える。

「あんたが、さっき話していた囚人の一人って事か」

男の話は、ホラ話ではなかった。

どうりで話が生々しすぎると思ったわけだ。つまりこの男の体に刻み込まれた一つ一つが金塊の在処を示した財宝の地図であり、鍵なのだ。

ほんの少し心臓が早鐘を打つ。杉元は一瞬黙り込むと、恐る恐る周囲に目を配った。

となると善は急げだ。いや善かはわからないが、とにかく急がなくてはならない。早く違う場所にこの男を移さないと、埋蔵金の手がかりが熊の胃の中になってしまう。

杉元は慌《あわ》てて男を担《かつ》ぎ、その場を離れようとする。しかし背後からの物音に、びくりとなった。出鼻を挫かれた。

まさか、もうヒグマが戻ってきたというのか。

「……」

身構えるも、すぐに体の緊張を解く。物音の正体は小熊だった。体も杉元の半分くらいで木にちょこんとしがみつく姿が実に愛くるしい。

一瞬安堵する杉元であったが、すぐに「待てよ」と態度を改める。

簡単な逆算だ。何せヒグマの食事跡の近くに小熊がいたのだ。

小熊がいるという事は、当然に母熊もいる。

「グオオオオオオ！」

静寂を一瞬にして引き裂くような、獣の甲高《かんだか》い咆哮《ほうこう》が轟《とどろ》いた。

その叫びはこの渓谷中に轟いたかと思うほど凄《すさ》まじく、触れてもいないのに周囲の木々がざわざわと震え出す。杉元の肌も木々に呼応するかのように逆立った。

既に周囲に生物の気配はない。先程の鳥もどこかに行ったようだ。ここにいるのは杉元と小熊。そして身の丈二メートルは超えるであろう巨体の、成熟した――怪物だ。

慌てて杉元は銃を構える。

だが、その間合いをものともしない速さでヒグマが突っ込んできた。

野生の鹿《しか》も追いかけて仕留めると言われるほどの恐るべき瞬発力と持久力。過去の証言の中には、ヒグマが時速六〇キロのトラックと併走《へいそう》し続けた例もあるという。

「畜生ッ！」

逃げる暇も、息を吸う間も、銃を構える隙さえない。

食われる。本能で察した杉元であったが、その時はやってこなかった。

どこからか飛んできた矢が、真っ直《ま》ぐ《す》ヒグマに突き刺さったからだ。

「ギャアッ！」

弓矢は、杉元が想像する以上にヒグマに傷を与えたようだ。弓矢を受けたヒグマは見るからに動きが悪くなり、よろよろと足取りがおぼつかなくなった。

「……っ」

「離れろ」

幼いながらも、しかし芯の通った不思議な心地の声が届く。

「……アイヌ？」

「強い毒だが、ヒグマなら十歩は動ける」

矢を放ったのは、アイヌの少女だった。

厚司《あつし》というアイヌ独特の着物の上に、寒さから身を守るための動物の毛皮を着込んでいる。同じく毛皮を基調とした靴も、その独特な模様の被り物も、彼女をアイヌたらしめるには充分な要素だった。

体は杉元より一回りほど小さく、先程の小熊に似た愛くるしさを感じる。しかし宝石のような青い瞳は威厳と純真に満ちており、年齢に似つかわしくない高貴さを兼ね備えているように見えた。

「……」

少女は弓を下ろし、訝《いぶか》しげにこちらを見る。この状況を計りかねているようだ。

ただ彼女が何であれ、いずれにせよ、杉元の命の恩人である事には変わらなかった。

「——死んだのか？」

おっかなびっくり尋ねると、アイヌの少女はヒグマに近づきじろじろと見る。

「逆立っていた体毛が寝ている。死んだ」

そしてどうしたのだろう。次いで少女は小刀を取り出し、矢の周りの肉を切り取った。

「何やってんだ？」

「毒矢が刺さった周りの肉を取り除く。そうしないと肉も毛も駄目になる」

どうやら少女はこのヒグマの死体を、食料や衣服にする事を考えているようだ。流石《さすが》はアイヌといったところか。ヒグマを死体としか認識していなかった杉元とは視点が違う。

半ば感心して見ていると、少女は杉元の傍《そば》にあった遺体をちらと見る。

「その男、死んでるのか？」

「ああ、ハラワタを食われて埋められてた。そいつにやられたんだろう。そこの穴から出てきた」

特におかしな事を言ったつもりはないが、少女の眉間に僅《わず》かに皺《しわ》が入る。

「それは変だ。冬ごもりの穴から出たばかりの熊は胃が縮んでるからすぐには食えない」

と言うと、少女はヒグマの腹の肉を切り裂き、まだ生ぬるい胃を取り出した。

「ほら、やっぱり胃がからっぽだ」

「じゃあ、オッサンを食ったのは別の熊か」

「この時期に肉が食えるのはマタカリプだ」

「マタカリプ？」

聞き慣れない単語が飛んできた。日本語でない事から察するに、アイヌに由来する言葉ではありそうだが。

「アイヌ語で『冬を徘徊《はいかい》するもの』。冬ごもりしそこなって気が荒くなってる危険な熊の事だ。熊は獲物を奪われたらどこまでも追ってくるぞ」

その男は置いていけ、と少女は言うが、そう簡単に首を縦に振れない事情がある。

「それはできん。この遺体は置いていけない」

「その男はお前の家族か友人なのか？」

少女の目が細くなる。確かに言動から見ればそう思うのも無理はないだろう。

「いや、そういうわけじゃないが、とにかく大事なんだ」

すると、少女は値踏みするように杉元を見た。

「なら、お前がマタカリプを倒すしかない」

「え？」

気軽に言うが、杉元がこれまで戦ってきた相手はロシア人で、あくまで人間だ。化け物みたいなヒグマでは決してない。

「覚悟がないなら諦《あきら》めろ」

戸惑う杉元を、少女は澄んだ目で見た。

「弱い者は食われる」

幼いながらも芯のある透き通った声だ。ヒグマを一撃で射貫く技術も然《しか》り、どうやら彼女を年齢相応と見てはいけないらしい。

杉元はようやく考えを改める。

彼女は立派なアイヌの戦士だ。そしてこの北の大自然において、彼女の知識や技量は自分よりも遙かに上だ。

杉元は静かに男の刺青を見せる。

「――実は、面白い話があるんだ」

あくまで協力を求めるように、杉元は彼女にこれまでの出来事を語り始めた。

＊＊＊

夜の森には、完全な闇《やみ》が訪れる。

当たり前だ。何せここには人の手によるものが何もない。人の手による電灯も、人の手によるかがり火も、人の手による文明の全ての光は存在しない。あるのはただ夜空に輝く幾ばくかの星だけだ。

勿論そんな星の光のみで、昼間でさえ薄暗い森の中全てを照らす事は為《な》し得ない。

月が雲に隠れているからか、殆《ほとん》どの生き物が眠りに落ちているのも相まっているからか、雪原の森の夜はおおよそ生から隔絶された、深い闇と静寂が広がっていた。

そんな晦冥《かいめい》の中、ソレは低く唸《うな》りながら森の中を這《は》っていた。

ソレが歩を進める度、雪道に大きな跡を残す。数メートル先でも見失いそうな闇の中でもソレは迷わず目標へと進んでいく。

ソレは人よりも遙かに強大で、人よりも遙かに執念深い。

ソレがただ欲しているのは、奪われた獲物を取り返す事だけだ。

口から死臭を吐き散らしながら、ソレは一歩ずつ深い森の中を歩いていた。

＊＊＊

しかし焚き火というのは、実に懐《ふところ》の広いものである。

このように薄暗い森の中を照らす事もできれば、近づいて暖を取る事もできる。焚き火を見るとどこか安心するという人もいるが、きっと遺伝子の記憶を辿《たど》ると何度もこの火に救われてきたからだろう。

杉元はその温もりを間近に感じつつ、少女にこれまでの事情を説明していた。

アイヌの埋蔵金の事。手がかりの刺青の事。人によってはそれこそ与太話に聞こえる話を、少女は黙って静かに聞いていた。

「この話が本当なら、ヒグマに食われるわけにはいかねえ。あんたはヒグマ猟に慣れてる。力を貸してくれ」

杉元が話し終わった後も、少女は難しい顔をして黙り込んでいた。

「……まあ、こんな話、信じられないよな」

自分でさえ、あの男から聞いた時は与太話だと疑ったものだ。まして杉元と少女は今日初めて会った。そう簡単に信じてもらえないのは承知の上だ。

「信じる」

だからこそ、彼女の口からそのような言葉が出た事に驚いた。

「……?」

驚きの顔を向けた杉元に、その少女はどこか遠くを見るような素振りで言う。

「その殺されたアイヌ達の中に、アチャもいたから」

「アチャ?」

「父親という意味だ」

先程の台詞《せりふ》が一気に重みを増した。という事は何か、彼女はその金塊強奪事件で父親を亡くしたというのか。

かける言葉を失っていると、少女はそそくさと身支度を始めた。

「急いで薪《まき》を集めろ。かがり火の明かりでヒグマを撃つ」

死体を囮《おとり》に使って待ち伏せするんだ、と彼女は男の死体を動かそうとする。

それは少女自身の決意の表れか、ただ目の前の事に集中して過去を忘れようとしているだけなのか、どちらかは今の杉元にはわからない。

しかし、いずれにせよ手を貸さないわけにはいかない。力仕事ではまだ自分に分がある。今はとにかく目の前の脅威《きょうい》に対処する事が先だ、と杉元は少女と共に男を持ち上げた。

「ちょっと待て」

が、なぜか少女は何かに気づいたように杉元を制した。

「この刺青、そうか……」

「どうした?」

いったい何に気づいたのだろう。杉元がきょとんとしていると、少女は忌《い》まわしいものを見るように男の体の刺青を指さす。

「……刺青は全て身体《からだ》の正中線《せいちゅうせん》で途切れている。これは熊や鹿の毛皮を剝ぐために切り込みを入れる線と同じだ」

最初、少女の言っている意味がわからなかった。

しかし、杉元はすぐにその残酷な結論に思い至る。

「つまり、皮を剝ぐ事が前提で彫られてるって事か」

「最初から金塊を山分けするつもりなんてなかったんだ」

皮を剝ぐ。つまり死なないと全貌《ぜんぼう》の見えない宝の地図。今までこれほどまでに邪悪な地図がこの世に存在しただろうか。

どうやらこの刺青を彫った男は、想像以上に質《たち》が悪そうだ。

「待てよ」そうなると、目の前の男は亡くなっているので都合はいい。「ヒグマが来るまでに、皮を剝いじまえば……」

しかし、少女は「そんな暇はない」と一蹴した。

「薪を集めろ。シタッも拾え」

そして立て続けに、少女は杉元にそう命じてくる。

「えっ何を?」

彼女と話すと、次々と知らない言葉が出てくるので大変だ。それでもこちらに合わせて日本語を使ってくれているので、いくらかはましではあるが。

「シタッ、白樺《しらかば》の皮だ。油が多くて長く燃えるから松明《たいまつ》にも使える」

なるほど。ひとまず目につく燃えるものを集めれば良さそうだ。

杉元は言われるがまま薪とシタッ——白樺の皮を探そうとし、

暗闇から這い寄るように現れたヒグマを見て、声にならない悲鳴を上げた。


「————っ！」

あまりに突然に現れたソレは、咆哮と共に首を振って焚き火を崩した。

どうやら他の生き物とは違い、火は恐れないようだ。崩れ落ちた灰がぶわっと宙を舞い、視界が一気に奪われる。杉元は咄嗟《とっさ》に持っていた薪でヒグマの頭部を殴るが、石柱を殴ったかのような感覚で効果はまるでなさそうだ。

息も詰まるような闇の中、杉元とヒグマの命の奪い合いが始まった。

少女がようやく異変に気づいたようにこちらを見る。

「下に潜って腹にしがみつけ！」

そのまま少女は背中から矢を抜いて構えたが、いかんせん火が消えたので、ヒグマの居場所が見えない。こうなれば声の位置から場所を特定するしかない。

「射つな！」

覚悟を決めて弓を引く少女だったが、放つ直前、矢尻の方角から「射つなよ！　俺に当たる！」と杉元の声が聞こえる。既にヒグマにやられたと思ったが、なかなかにしぶとい。

一方でその声の主の杉元は、少女の指示通り必死でヒグマの腹にしがみついていた。

「……ぐっ」

言われた通りにしているが、熊の唸り声が間近で聞こえてくる。その度に獣独特の臭気が杉元の鼻腔《びこう》に届いた。正直この状態でよくまだ生きているとさえ思う。

早く決着をつけねば。杉元は自身の腰から短剣を取り出し、ヒグマに突き刺した。

その時だった。

先程まで雲に覆われていた月がでて、澄んだ夜空が現れた。

少しの欠けもない、完璧な満月だ。現代の都会の夜では実感しがたいが、かつては満月の光は『昼をも欺《あざむ》く明るさ』と形容されるほどであったらしい。

そしてその輝きは、少女がヒグマを視界に捉《とら》えるには充分だった。

ビュン！　と放たれた矢は、迷いなくヒグマへと真っ直ぐ飛んでいく。

恐らく本来なら、矢はヒグマの柔らかな腹か胸を確実に捉えていただろう。しかし惜しむらくは直前の杉元の行動か。短剣をヒグマに突き刺した事で、ヒグマは大きく体勢を崩していたのだった。

矢は、ヒグマの頭部に命中した。

しかしヒグマの頭部というのは装甲のように硬く、銃弾すらはじき飛ばす事もあるという。案の定矢はヒグマに刺さる事はなく、そのまま後方へと滑っていく。

標的が変わった。次にヒグマは少女に狙いを定め、真っ直ぐ彼女を狙う。矢を装填《そうてん》する時間はない。少女は必死に身をかわして、その牙と爪《つめ》から身を守った。

「……グルル」

傷を負っているからかヒグマも慎重だ。少女を追撃する事なく、闇へと紛れていく。

一進一退の攻防。少しでも対応が遅れると、そのまま死に直結する。

おまけにいくら月下とはいえ、ここは深い夜の森の中だ。地の利はヒグマにあるだろう。この瞬間もヒグマは自分達の命を狙おうと、闇からこちらを窺《うかが》っているに違いない。

「……」

居心地の悪い静寂が訪れた。自分の心臓の音さえ聞こえそうな静寂だ。

しかし、敵の仕掛けは早かった。

少女と杉元がヒグマを警戒する最中、ヒグマは少女の視界の外——つまりは背後から勢いよく飛び出した。

流石の少女もこれには一瞬反応が遅れる。だが獣との勝負にその隙は致命的だ。

「……っ！」

正にその牙が少女を捉えようとしたその時、今度は杉元の背後から何かが現れた。

驚きのあまり杉元の喉《のど》が干上がる。

背後から突然飛び出たその獣は、杉元を踏み台にして少女の元へと駆けた。一瞬ヒグマかと思ったが違う。どちらかと言えば形状は犬に近いが、サイズは犬の比ではない。大きい。そして白い。威厳さえ感じてしまうほどのソレは、まるで少女を守るかのようにヒグマに立ち塞がった。ヒグマの激しい攻撃に対しても、身じろぐ事もなく果敢に渡り合っている。

ここで杉元は直感した。あれは犬ではない、狼《おおかみ》だ。まだ生き残りがいたのかと驚くが、狼であればヒグマと渡り合うのも合点がいく。

北海道のタイリクオオカミの亜種、エゾオオカミ。

まさかこうして直接お目にかかれるとは。

思わぬ邂逅《かいこう》に驚嘆するも、狼はヒグマで手一杯のようだ。しかしこれで杉元にも時間が生まれた。杉元は弾丸を装填し、隙だらけのヒグマの胴体へと銃を構える。

乾いた音と、ヒグマの悲鳴はほぼ同時だった。

弾丸は間違いなくヒグマの胴体を貫いた。ヒグマは先程とは質の違う咆哮を放ちながら、苦しそうに体をよじらせる。

終わった。

杉元も少女も、恐らくはその狼でさえもそう思ったに違いない。

しかし杉元は理解していなかった。ヒグマが持つ底知れぬ体力を、その執念を。

「グ、オオオオオオオオ！」

手負いとは思えないほどの咆哮が地面を揺らす。ヒグマは最後の力を振り絞って杉元へと襲いかかった。

立ち上がった姿はもはや壁だ。人をゆうに覆い隠すほどの、巨大な肉の壁。ヒグマは全体重を乗せて杉元へ覆い被さろうとする。

「う、うおおおおお！」

戦場で幾度となく感じた死の淵に、杉元は自然と叫び声を上げていた。

「俺は不死身の杉元だあああ！」

いったい何が彼をそうさせたのか。一瞬の生存本能だろうか。杉元は地面へ倒れ込む直前に、自ら手にしていた銃剣を立て、ヒグマを迎え撃つ。

その鋭い先端は、襲いかかってくるヒグマの質量をそのまま受け止めて、ヒグマの心臓に深い一撃を刻み込んだ。

死闘の果て、決着がついた。白い狼は全てを見届けると再び森の奥へと去っていき、場には不気味なほどの静寂が広がった。

遅れて聞こえたのは、少女の足音だった。

少女は「生きてるか?」と、ヒグマの体の中に埋もれる杉元に問いかける。

そして杉元は、ヒグマの体から顔を出す事でそれに応じた。

「また生き残った」

今回ばかりは流石に死を覚悟した。この数分で何度死にかけた事だろうか。

とにかく自分はあまりにも運が良かった。少女も、先程の狼も、何か一つでも欠けていたら今頃はあの世だっただろう。

「……アチャも、覆い被さるヒグマの心臓を突き刺した事があった」

何かを懐かしむように少女は言う。先程の張り詰めたものとは違い、声と表情は安堵に溢《あふ》れていた。杉元にはこちらが本来の彼女のように思えた。

「アイヌの猟師に伝わる危険で捨て身の戦い方だ。よく知っていたな」

「知らねえよ。咄嗟に体が動いた」

ほとほと疲れたと杉元が言うと、彼女は薄く微笑《ほほえ》みながら手を差し出す。

「和人にしてはやるな」

「……」

そういえば、彼女に名乗っていなかった。そもそも杉元は彼女の名さえ知らない。

「杉元佐一だ」

引き上げる手を握り返すと、小さな熱が自分の内へと流れ込んでくる。

「アシㇼパ」

相変わらず、杉元にはその名前の意味はわからなかった。

だが不思議な事に、実にその子らしい素敵な名前だと思えた。

＊＊＊

「五年前の話だ」

仕留めたヒグマの腹を短刀でさばきながら、アシㇼパは誰にともなく語り始めた。

「父やアイヌの男達が見つかった時、遺体は全部ばらばらになって散乱していたそうだ。

父達を殺した男が網走監獄にいたなんて知らなかった」

彼女自身も、まだこの金塊強奪事件の全貌は把握しきれていないらしい。この無惨な死体となった男でさえ、全てを杉元に話したかは怪しいものだ。

色々とこれからについて思考を巡らしていた杉元に、アシリパはヒグマの内臓のようなものを杉元へと差し出した。袋のような形をしており、他の内臓器官と比べ小さい。

「ほら、これはお前のだ杉元。飯盒《はんごう》にでもしまっておけ」

「なんだコレ」

「ヒグマの胆嚢《たんのう》だ。乾燥させれば薬として高く売れる」

なるほど。こんなものが薬にもなるとは。マタギというものが仕事になるわけである。

「熊は捨てるところがない。肉は食えるし毛皮も売れる。杉元が仕留めたんだから全部お前に権利がある」

「アシリパさんにも権利があるだろ？」

何せ、このヒグマを仕留めたのは自分だけの力ではない。どちらかといえばアシリパによる功績の方が大きいはずだが、彼女はあまり乗り気ではないようだ。

「私はあっちの熊だけでいい。アイヌは人を殺した熊の肉は食わない。悪い事をした熊はウェンカムイ《悪い神》となってテイネポクナモシリという地獄に送られる」

私も人を殺したくない、と彼女は理由を吐露した。

「人を殺せば地獄行き、か」

杉元は少し逡巡《しゅんじゅん》する。であれば自分はどうだ？　と。

これまでにいったい何人殺してきた？　戦争だったとはいえ、人を大勢殺したという事実は揺るがない。もしそのような地獄が本当にあるのならば、

「――だったら俺は特等席だ」

低い杉元の声に、アシㇼパが僅かに身じろぎした。

対して杉元は前のめりだ。

「犯人はまだ監獄で生きてるぞ。死刑にはまだしていないはずだ。逆に金塊が見つかれば用済みになる。金塊を見つける事が、お父さんの仇《かたき》討ちになるんだよ」

話しているうちに考えがまとまり、視界が開けた。

杉元は地面に転がる男から、短剣で皮を剝ぎ取りつつ言う。

「手を汚すのは俺がやる。アシㇼパさんは知恵さえ貸してくれればいい。俺と組んで金塊を見つけよう。二人で手を組めば鬼に金棒だろ？　俺は少し分け前を貰えればいい」

そうだ。要はこの刺青の暗号を解き、金塊を手に入れる。

それには彼女の力が必要だ。何せこの謎はまだ底も、深ささえ見えてこないのだから。

「……」

杉元の提案に、彼女は値踏みするように杉元を見る。彼女がこのような目をするのは最初に出会った時以来だろう。

「お前は、何で金が必要なんだ」

至極真っ当な質問ではあったが、杉元は言葉に詰まった。代わりに過去の断片が脳裏に浮かぶ。時系列も視点もばらばらな、哀《あわ》れな記憶の奔流《ほんりゅう》だ。

真っ赤に燃える家、口元を押さえながら蔑《さげす》むように杉元を見る人々。

そして、石垣から儚《はかな》げな目をこちらに向ける女性。

「……とにかく、金が必要なんだ」

杉元はそれらを無理矢理押しとどめ、ただ一番上《うわ》っ面《つら》の部分だけを語る。アシリパも杉元から何かを感じ取ったのか、それ以上深入りはしてこなかった。

「わかった。手伝う。ただ、一つだけ約束しろ」

言葉を待っていると、アシリパは真っ直ぐ杉元の瞳を見据《みす》える。

「人殺しはなしだ」

なるほど、実に彼女らしく、随分と難しい約束だ。

杉元は即答せず、ただ沈黙する事で自分の考えを示した。

＊＊＊

目が覚めた時には、一面眩《まばゆ》いほどの銀世界が視界に広がっていた。

澄んだ空気が肺をじわりと満たし、日光が冷えた体を心地よく照らす。

あれほど暗く恐ろしかった森が、今では別の場所とさえ思えた。昼と夜でここまで顔が違うとは。改めて自然というものの器《うつわ》の広さ、底知れなさを学んだ杉元だった。

そんな中で、先程からなぜかアシㇼパは木に棒を立てかけていた。

「何してんの？」

何かアイヌに伝わる遊びなのだろうか。

しっかりしているように見えて、そういうところはまだ子供だなと思っていたが、アシㇼパの顔は真剣だ。

「リスの餌《えさ》がある木にこうやって棒を立てかけておくと、リスは横着して楽な道を選ぶからここを通る。この棒に『くくり罠《わな》』を仕掛ける」

言いながら、アシㇼパは杉元にワイヤーのようなものを見せる。

「リスが頭を通して進むと首が絞まる」

アシリパがワイヤーを外側に引くと、円の部分がぎゅっと締まった。その仕掛けを前にして杉元は若干《じゃっかん》引く。子供の遊びかと思っていたが、想像以上に残酷な仕掛けらしい。

「へえ、俺、リス好きなんだけどなあ」

「私も好きだ。リスは木の実しか食べないから肉が美味《うま》い。毛皮も売れる。もっと仕掛けよう」

「……」

どうやら杉元とアシリパの感じる『好き』に、深い溝がある事はわかった。

とはいいつつも、この大自然の中で食料の確保は急務だ。杉元も彼女に倣《なら》って罠の仕掛けを手伝った。

その際、アシリパは包帯の隙間から見える傷が気になったらしい。アシリパは杉元の腕をじろじろと目で追っていた。

「もう治りかけてる」

言われてみれば、昨日ヒグマに引っかかれたばかりだというのに、腕の傷には僅かに膜が張っていた。傷が塞がりかけている証拠だ。だがこれは別に今に限った話ではない。

「ああ、人より治るのが早いみたいなんだ」

これまで何度も戦場で傷を受けてきたが、どれも杉元の命を脅《おびや》かした事はない。奉天会戦の時にできた首の傷も既に古傷となっていた。

他人事《ひとごと》のように言う杉元を、アシㇼパも最初は興味深げに眺めていた。だがすぐに話題は移り変わり、本題——刺青についてが主となる。

「脱走した囚人達が金塊を探しているなら、内地の方には逃げてない。この北海道にまだいる」

雪道をかき分けながら、杉元は現時点での自らの推測をそう語った。

何せ二〇〇貫の金塊だ。そう遠くへは持ち出せないし、自身が内地に行ってしまっては、他の囚人を探す事もできなくなる。囚人は宝の探し手である一方、地図でもあるのだ。

「北海道は広いぞ」

間髪容れずにアシㇼパから指摘が飛んでくる。

確かにまともに端から探すとなれば、それこそ砂漠の中から砂金を見つけるようなものだろう。だが自分達が追っている標的は囚人だ。もれなく全員、まともではない。

「山に隠れては生きていけない。小さな集落だとよそ者は目立つ。大きな町で人に紛れたいはずだ。北海道で大きな町といえば、札幌《さっぽろ》、函館《はこだて》、旭川《あさひかわ》。そしてここ——」

言いながら杉元は顔を上げる。

すると銀世界の少し先に、とある街が見えてきた。

港湾都市として発展し、「北のウォール街」とまで呼ばれた金融街。

北海道一の商業都市であったが、街のすぐ背後には豊かで広大な森と川が広がっており、近隣にはアイヌの集落も存在していた。ここであれば、金塊に繋《つな》がる何かしらの手がかりが見つかるはずだ。

少し丘となっている位置から、杉元とアシㇼパはその街を見下ろす。

「――小樽《おたる》だ」

＊＊＊

流石は北海道でも指折りの港町だ。

二人が通りに足を踏み入れると、森とはまるで様相の違う喧騒《けんそう》がそこにはあった。

天秤棒《てんびんぼう》を担ぐ商人、舶来《はくらい》の衣装を身に纏《まと》う娼婦《しょうふ》、強面《こわもて》の番頭《ばんとう》など多種多様の人間が通りを行き交いしていく。ここではアイヌ姿のアシㇼパさえ、特異な目では見られない。

これほどの群衆から刺青の情報を探し出すのは、なかなか骨が折れそうだ。妙案と思ったが、探し方を工夫する必要があるだろう。

「どうやって探し出す？」

案の定、アシㇼパもこの賑わいを前に見当がついていないようだ。

「刺青だからな……」

杉元は少しの間熟考する。何かしら刺青が、というより肌が露になり、かつ目撃証言も得られそうな場所といえば答えはほぼ一つだ。

我ながら安直かとも思ったが、他に思い当たるものもない。

杉元は一度アシㇼパと別れ、小樽内にあった銭湯《せんとう》に体を委《ゆだ》ねる事にした。


湯船に浸かると、骨の芯まで温められるような感覚に、杉元は思わず嘆息する。

このところずうっと山ごもりしていたせいか、銭湯の湯がこれまで以上に身に染みる。体と湯が一体になるような、自分という存在そのものが溶けていくような心地さえした。

と、危ない。本来の目的を見失いそうになっていた。

あくまでも目的は聞き込みだ。杉元はすぐに冷静になると、同じように湯に浸かっている男に近づく。

「なあ、おっちゃん、ここの常連？」

「おう、毎日よ」

それは都合がいい。杉元は少し期待を持って問いかける。

「最近、妙な刺青をした客、見た事ない？」

「どんなよ」

「こう、直線と曲線が交差したやつなんだけどさ」

身振り手振りで伝えるも、その客は要領を得ないようだ。

「いやあ、見た事ないなぁ。それがどうかしたのかい？」

残念。ここでならば刺青も隠せはしないので目撃情報があるかと思ったが、常連が見た覚えがないのであれば些《いささ》か望み薄だろう。

「いや、ならいいんだ」

また他の手段を探すとしよう。杉元が湯船を後にしようとした時、男が杉元の裸体を目にしたようだ。背後から感嘆の声がかかる。

「おいおい、あんたみたいなすごい体も初めてだな、こりゃあ。よく生きてたね」

そう言われるのも無理もない。露になった杉元の裸体には、無数の傷が体の至る所に刻まれていた。

傷の種類も、まだ完全に癒《い》えていないものから既に古傷となったものまで様々だ。まるで戦場の凄まじさを、身一つにぐっと閉じ込めたかのような体軀《たいく》。

男がそのように驚くのも致し方ない話である。

その銭湯の客は、杉元の体を見て有り難そうに手を合わせる。だが今の杉元には他人からの感謝など必要ない。今の自分に必要なのは金だ。

どんな手を使っても、大金を掴んでやる。杉元は改めて自らに誓った。


一方、杉元がそう決意する傍《かたわ》ら、アシㇼパは往来で情報を集めていた。

通りから外れた路地に入ると、のれんを掲げた蕎麦屋《そば》が何軒か並んでいた。しかしどうしてか、入口には派手な和装に身を包んだ遊女がいるのがちらほらと見て取れる。

当時の小樽では、こうした蕎麦屋ののれんをかけた売春宿《ばいしゅん》が多く存在した。本物の蕎麦屋がどれかを見分けるのが困難であったほどだ。

色々と小樽の裏の顔に詳しい彼女達であれば、何か知っているかもしれない。アシㇼパはそう見込んでいたのだが、いかんせん年齢が年齢だった。

「なあに？　お嬢ちゃん。何か用？」

遊女は子供に接するようにアシㇼパを見る。

「こんな刺青を見た事はないか？」

わざわざ絵を描いた紙を見せたが、遊女の反応は芳《かんば》しくない。

「さあ、見た事ないわねえ」

こちらもそう簡単に見つかるとは思っていない。心当たりがないなら次の所に当たるまでだと割り切っていたが、彼女が立っていた売春宿から、店主と思われる男が出てくる。

「こらあ。何でアイヌの娘がうろちょろしてる?」

その男は、まるで小動物に接するようにアシリパをつまみ上げた。

「やめなよ。可哀《かわい》そうじゃない」

「お前いくつだ? まだ顔に刺青も入ってねぇなぁ。このままどっかに売っぱらっちまうかぁ?」

遊女はアシリパを庇《かば》うが、大多数の和人はこの男のような反応なので、アシリパは驚かない。まだアイヌと和人との間では大きな隔たりがある事を彼女は知っていた。

返事の代わりに、アシリパは短刀の柄で男の顔を殴った。男は短い悲鳴を上げてアシリパに摑みかかろうとするが、それを背後から現れた杉元の手が制する。

「おい」

杉元は怒りも露に相手の喉元へと指を押し込む。そしてそのまま男の体を締め上げて、アシリパが差し出した紙を男へ無理矢理見せた。

「こんな刺青をした客を見た事ないか?」

苦しさも相まってか、男は引きつった表情で首を振る。しかし杉元達がこれまでに聞いた相手とは違い、男の返答には続きがあった。

「……でも同じ事を、聞いてきた、男はいた」

思わず杉元とアシㇼパは互いに顔を見合わせる。

「考える事は同じか」

断片的ではあるが、手がかりは手がかりだ。後はこの情報をどう使うかだろう。

「殺すなよ杉元」

「ああ」

杉元とアシㇼパが互いに言い合う最中、遠目で彼らを眺める人影が二つ。

その人影を視界の端で捉えつつも、杉元は何も言わずその場を後にした。


一人はやせ細った薄汚れた服の男、そしてもう一人は坊主頭《ぼうず》の軽薄そうな青年だった。

いずれにせよ風貌も雰囲気も、堅気《かたぎ》の者ではないのは明らかだ。

二人の男は杉元達が歩き出すのを確認すると、息を潜めながら後をついていく。

男達は杉元とアシㇼパが小樽を出て、森の中へと入った後も、ずっと一定の距離を保ちながら杉元達を尾行していたのだった。

やがて、杉元達の明確な隙を感じ取ったのか、坊主頭とは別の男が銃を構えた。

あわよくばこれで仕留めてやる。そんな殺気を滲ませながら男は進んでいく。

しかし、男達が倒木の下を潜ろうとした際、異変が起きた。

ぐんっ！　と。

倒木に仕込んでいたくくり罠に、銃を持っていた方の男が引っかかったのだ。それは今朝杉元達が仕掛けていた、リスに対するものと同様の罠だった。

「うがあああ！」

男はみるみるうちに締め上げられ、やがて完全に身動きが取れなくなる。その際に男が纏っていた着物がはだけ、刺青が露になった。

呆気《あっけ》にとられていたもう一人だったが、どうやら捕縛された男に対する忠義や道義はないらしい。坊主頭のその男は一目散にと走り出し、その場を離れようとした。

ご丁寧に、杉元達が予測した場所を通って。

「だあぁあ！」

案の定、その坊主頭の足に罠がかかる。先程のものとは違い、かかった獲物を宙づりにする古典的な罠だ。坊主頭のその男は逆さまになりながら、空しく左右に揺れていた。

戦うまでもなく決着がついた後、杉元は男にゆっくりと近寄る。

その坊主頭の露になった肌にも、同じような模様の刺青が。

どうやらカモが背負ってきたのはネギどころではなく、金塊の在処のようだ。

＊＊＊

網走監獄脱獄囚・笠原勘次郎《かさはらかんじろう》。

同じく網走監獄脱獄囚・白石由竹《しらいしよしたけ》。

杉元達を追ってきたのは、やはり両方とも網走からの脱獄囚だった。

「他の囚人はどこにいる？」

笠原から奪った銃を手にし、杉元は囚人達にそう呼びかける。しかし流石は網走の囚人といったところか。縄で身動きが取れないにもかかわらず、この状況に動じていない。

「知るかよ。お前も囚人狩りをしようってか？」

坊主頭ではない方の囚人、笠原が挑発的な表情で杉元を見上げた。

「……脱獄を指揮をした囚人は、とんでもない化け物だぞ。兎《うさぎ》狩りでもしてた方が身のためだぜ」

男の有り難い忠告に、杉元は銃を地面に撃つ事で返事する。これには男達も堪《こた》えたか、牙を抜かれたように大人しくなった。

それを見計らい、杉元はゆっくりと銃を下ろす。

「全員で一つの意味がある暗号なら、ばらばらになったら駄目だろう？」

最初から杉元はそれが気になっていた。

囚人達は最初に全員で一つの暗号になっている事を聞かされているはずだ。なのになぜその全員が別々に行動しているのか。

「殺し合いさ」

すると、笠原は強《こわ》ばった声で言う。

「突然、囚人同士が殺し合いになったんだ。俺達はわけもわからず逃げ出して、潜んでたんだ」

そこまで聞いて、杉元はなるほど、と合点がいった。

「気づいた奴がいたんだな。皮を剝ぐって事に」

「あ？　皮を剝ぐ？」

どうやら、彼らは気づいていないようだ。無理もない。これに関しては当の本人が一番意識しづらいだろう。杉元もアシㇼパに言われるまでは思いもよらなかった。

「知らないのか？　お前らの刺青は、皮を剝ぐ事が前提で彫られてるんだよ」

「――なっ」

囚人達に動揺が走るのが見て取れた。しかし今の杉元に彼らの未来を案じてやれる余裕はない。何せこの間にも金塊争奪戦は続いているのだ。

「死んじまえば、皮剝《む》かれようが痛くないさ」

代わりに、杉元は冷めた声で手元の銃剣を抜いた。

「……っ」

男達は慌てて杉元から後ずさろうとするも、体はしっかりと縄で縛り付けられている。その間にも杉元は感情のない目で、じりじりと囚人達へと距離を詰めていった。

「やめろ！　杉元！」

それを制したのは、アシㇼパだった。

「約束したはずだ。殺すなら私は協力しない」

アシㇼパはいつになく真剣に、怒りも込めて杉元へと訴える。本当に真っ直ぐな子だ。ただこの場面においては、その純真さは些か杉元の想定外だ。

杉元は自らの殺気を解いて、脱力しながら呼びかけた。

「アシㇼパさん。そこは演技して、ノッてくれないと……。脅して色々聞き出すつもりだったのに」

落胆する杉元に、坊主頭の白石が「へ」と間抜けな声を出した。

勿論、端《はな》から彼らを殺す気はなかった。

「――上手《うま》いじゃないかアシㇼパさん。器用だなあ」

杉元達はここに来るまで、皮を剝ぐ以外で刺青を保存する方法を見つけていた。

「父も手先が器用だった」

アシㇼパが使っているのは鉛筆だ。

今でこそ当たり前のように存在するが、鉛筆が普及したのは明治後期からだ。アシㇼパは鉛筆を見たのは今回が初めてだったらしい。

その鉛筆を使って、アシㇼパは男の刺青を紙へ模写していたのだ。最初はそう上手くいくものかと思っていたが、なかなかどうして綺麗《きれい》に描けている。杉元だとこうはならない。

確かに手先が器用だな、と感心しながら見守っていると、アシㇼパは短刀を取り出し鉛筆の芯を削り始めた。

「このメノコマキリも父が私に彫ってくれた」

メノコマキリ。柄に文様が彫られたその短刀を指す言葉だろう。声に少し陰《かげ》りが見えるのは、この金塊強奪事件に巻き込まれて亡くなった父を思い出したからか。

その切なげな顔を見ていると、胸の奥の方の器官がずきりと痛む。

気丈に見えても、十代半ばの少女である事には変わらない。決して自分はそれを忘れてはいけない。今も、そしてこれからも。

「しかし、いきなり二匹も獲物がかかるなんて幸先がいいな」

努めて明るく言った杉元であったが、白石はふんと鼻白みつつアシㇼパを見る。

「おい、そこのアイヌ、お前さんの飼いイヌかい？」

考えるよりも先に、手が出てしまっていた。杉元は白石の顎《あご》を思い切り締め上げながら、その衝動に任せて握りつぶそうとする。

「一生喋れんようにしてやろうか」

「よせ杉元」

しかし、またしても止めたのはアシㇼパだった。

「私は気にしない。慣れてる」

慣れる必要がどこにある、と杉元は苛立《いらだ》つ。

何よりも腹立たしいのは、彼女がそんな事を言えてしまうところだ。きっと今日だけではない。今まで色々な悪意を浴びてきたのだろう。

そんなものには決して慣れないでほしい。そう願っての杉元の怒りだった。

憤《いきどお》る杉元であったが、アシㇼパは動じる事なく刺青を描き終える。

「この刺青を彫った男は、どんな奴だ？」

模写の後、アシㇼパは鉛筆を置きながら二人の囚人へと尋ねた。そういえば今まで金塊の手がかりを探すのに夢中で、手がかりを残した人物にまで意識が回っていなかった。

少し落ち着いた杉元は、この騒動の全ての元凶へと思いを馳《は》せる。

刺青を彫った男。つまりアシㇼパにとって父親の仇か。いったいどんな人相なのだろう。

「のっぺら坊さ」

だがどうやらその仇は、人相さえ存在しない異形のもののようだ。

「俺達はそう呼んでた。顔が無いんだ」

顔が無い、だと。それはいったいどういう事なのか。

杉元が聞き返そうとした、その時にそれは起きた。

唐突に耳に届いた、奇妙な風切り音。

戦場で幾度となく聞いてきた音だ。遅れて笠原の頭から鮮やかな鮮血が噴き出しているのを見て、杉元はその音の正体が弾丸によるものだと気づく。

間違いない、これは狙撃だ。何者かが自分達を狙っている。

「……っ！」

しかし、ここからは相手の正確な位置はわからない。杉元とアシㇼパは慌てて近くの丸太に避難するが、それを見て慌てたのは白石だ。

「おーい！　おいおい！　俺も助けろ！」

白石が必死に助けを呼ぶ間にも、次の狙撃が白石の近くに着弾する。なまじ暴れ回っているのが幸いしているのだろう。紙一重で弾丸をかわしていた。

「早くしろよ！　うおおおおい！」

白石は絶叫するが、相手の位置がわからない以上、迂闊《うかつ》に飛び込めば笠原の二の舞だ。まして呑気《のんき》に縄を解くなど、敵に撃ってくださいと言っているようなものである。

どうしたものかと杉元が隠れていると、横からアシㇼパが地面を這って現れた。

「煙幕を張る！」

そんな都合のいいものなどこの辺りに存在したかと首を傾《かし》げたが、アシㇼパが近くの木の枝を小刀で切り始めたのを見て、なるほどと銃を構える。

「わかった！　牽制《けんせい》する！」

杉元は姿を見せない狙撃手へと発砲する。しかし敵の位置がわからないので狙った方角が合っているのか、敵に当たっているのかさえもわからない。

全く、手がかりを得たと思えばこれとは。この金塊探し、予想以上に骨が折れそうだ。

＊＊＊

杉元が狙撃手の相手に苦労している中、その狙撃手である尾形百之助《おがたひゃくのすけ》は、息を殺しながら杉元達の命を狙い続けていた。

「……」

外套《がいとう》を羽織っているので、はっきりと顔はわからない。

だが木に短剣を刺して、それを支えに銃の照準を安定させているなど、一見して素人《しろうと》でない事は確かだ。そもそも笠原の頭を躊躇なく一度で撃ち抜いた事からも、人を殺す事を生業《なりわい》にしている類の人物には違いなかった。

尾形は引き金と銃口の先だけに意識を集中させ、杉元達の動向に注視する。

すると、前方から杉元のものと思われる発砲音がこだました。

自分に向けての射撃にもかかわらず、尾形に焦った様子は微塵もない。

「二十六年式拳銃か。届くはずがない」

相手の銃の種類や、射程までをも見据えた発言だ。一方的に相手を捕捉している事もあり、この睨み合いは早々に決着するかのように思われた。

「……ン?」

が、尾形はふいに銃を下ろした。

獲物を狙うのを諦めたのではない。

杉元がいた場所から、突如白い煙が上がったからだ。

最初は火事かと思ったが、違う。この煙の量、恐らく生木をくべたのだろう。

針葉樹《しんようじゅ》の生木は油分が多いため、燃えやすく大量の煙を出す。どうやら相手側にも多少は山に精通する者がいるようだ。

一方、煙に紛れるように、杉元達は森の奥へと姿を眩ませる。こうなってしまえばもう狙撃は不可能だ。尾形は木から短剣を引き抜き、細心の注意を払って杉元達を追跡した。

ある程度雪道を歩くと、尾形は笠原の遺体がある所まで辿り着く。

一瞬警戒したが、死体は確かに頭を撃ち抜かれ絶命している。流石にここから動き出したりはしないだろう。それよりも重要なのはこちらだ。

尾形は目線をやや下に落とす。

するとキャンバスのように平たく真っ白な雪道に、複数人のものと思われる足跡がはっきりと刻み込まれていた。

足跡を誤魔化す時間はなかったようだ。間違いなく標的はこの先にいる。尾形はこちらの気配が漏れないよう、足跡を頼りに杉元達を追っていった。

それら尾形の一連の行動は、間違いではなかった。

唯一尾形が計り損なったのは杉元ではなく、アシㇼパだ。まさか杉元の同行者に、森を熟知したアイヌの少女がいたとは思いもよらなかっただろう。

ましてその知見を動物に限らず、人にさえ応用しているとは。

流石の尾形でも予想できないのは、無理のない事だった。

ぐんっ、と。

足跡を追って、倒木を潜ろうとした時、尾形の銃が突如上へと引っ張られた。

「……っ！」

何者かに摑まれたのかと思ったが違う。ワイヤーだ。倒木に仕掛けられていたワイヤーに自分の銃が引っかかった。先程アシㇼパが笠原を捕まえたものと仕組みは同じではあるものの、現場を見ていない尾形には何の事かはわからないだろう。

杉元はその隙を逃さなかった。

くくり罠の近くで待ち構えていた杉元は、持っていた銃で尾形へと殴りかかる。本来の使い方ではなく、鈍器として銃を用いたのだった。

しかし、対する尾形も老獪《ろうかい》だった。

受けに回るのではなく避けるでもなく、杉元の方へと潜り込むようにしてそれをかわす。それだけでなく杉元の腰から銃剣を抜き取り、杉元目掛けて一閃《いっせん》した。

攻守が目まぐるしく入れ替わる最中、杉元は何とか銃剣の切っ先を自らの銃へと当てて、尾形の剣戟《けんげき》を凌《しの》ぐ。ここまで接近したとなると銃剣の方が有利とみた杉元は、攻撃を弾くままの動きで後退し、尾形と距離を取った。

天秤は傾いた。こうなれば今は杉元の持っている銃が勝る。

すかさず構える杉元だったが、尾形は棒状のものを手の中で転がして見せた。

「……えっ」

一瞬何かと思ったが、あれは銃のボルトだ。

どうやら離れ際、尾形は銃の脇にあるストッパーを瞬間的に抜き取り、銃を使用不能にしたようだ。しかしどんな早業だ。見せられるまで気づかなかった。

やはりこの男、ただ者ではない。射撃にしてもそうだ。笠原に着弾してから発砲音が聴こえたのは大分後だった。相当遠くから狙った証拠だろう。

杉元がよりいっそう警戒を強めていると、尾形は目深《まぶか》に被っていた外套を脱ぐ。

そして、ようやく杉元はその男が何者かを理解する事となった。

紺色を基調とした厳《おごそ》かな軍服と、星章付きの軍帽。それだけではない、筋肉で隆起《りゅうき》した肩に付けられた連隊番号には、あろうことか27と数字が記されている。

「……第七師団《だいしちしだん》か」

大日本帝国陸軍、第七師団。

日露戦争では旅順攻略戦、奉天会戦と激戦地に送り込まれ、大損害を出しつつも日本の勝利に貢献。道民達は畏敬《いけい》の念を込め、彼らを北鎮《ほくちん》部隊と呼ぶ。

北の守りを一手に担う、陸軍最強の戦闘師団だ。

「貴様、どこの所属だ」

一方で、尾形はどこか感情が読みづらい目で杉元に呼びかける。

「第一師団にいたが、満期除隊した」

「そうか。では二〇三高地あたりで会っていたかもしれんな」

先程まで命の奪い合いをしていたとは思えないほど、軽やかで緊張感のない会話が続く。

いや、寧《むし》ろあえて尾形がそういった空気にさせているのだろう。

「さっきの死体は大人しく渡した方が良い」

尾形は脱力さえしながら、世間話をするかのように杉元へと呼びかけた。

「どれだけ危険な博打《ばくち》に手を出しているか、わかっておらんのだ」

そうして尾形は何気ない素振りで、手にしていた銃剣を杉元へと走らせた。

ビュン、と空気を裂く音が一つ。

恐らく愚鈍《ぐどん》な者であれば、この緩急に身構える間もなく喉を切り裂かれていただろう。しかしそこは不死身の杉元か。杉元は予測していたかのように剣筋を見極めて、逆に尾形の襟元をがしりと掴んだ。

そのまま柔道の背負い投げよろしく、尾形の突きの力ごと利用して投げ倒す。

それだけにとどまらない。杉元は無防備になった尾形の腕を両腕で固め、思い切りあらぬ方向へと腕を折り曲げた。

バキ！　と嫌な感触が手に伝わる。

この状況でも悲鳴を上げないのは流石だが、これで大勢は決した。杉元は本能のまま尾形から銃剣を奪い返し、そのまま血走った目で銃剣を握る手に力を込める。

「杉元！　殺すな！」

そして、背後から届いたアシㇼパの声に直前で思いとどまった。

「……第一師団の杉元。不死身の杉元か」

しかし、やはり一瞬の躊躇いは、戦場では命取りだ。尾形はぼそりと呟くと、指で杉元の目を突いて杉元の視界を奪った。

「……ぐっ！」

杉元が悶絶《もんぜつ》する隙に、尾形は杉元を振り解き走り出した。この僅かの間にも尾形の背中はみるみるうちに遠くなっていく。

このままでは逃がしてしまう。それどころか仲間を呼ばれるかもしれない。

一か八か、杉元は手に持っていた銃を男が去っていった方角へ投擲《とうてき》した。

咄嗟の判断だったが、運良く銃は尾形に当たる。尾形は体勢を崩した末に雪に足を絡め取られ、そのまま斜面を転がり落ちていった。

杉元がようやくそれに気づいた時には、尾形は滑落《かつらく》した勢いのまま崖下へと真っ逆さまに落ちていった。暫《しばら》く様子見していたが、ここからではもう姿が確認できそうにない。

ひとまず危機が去った、と薄く息を吐く杉元に対し、アシㇼパは尾形が落ちた方角を見てその端整な顔に陰りを落とす。獣との命のやり取りには慣れているのだろうが、このように人同士のそれはまだ経験がないのだろう。

「逃がせば俺達が奴の仲間に追われる。これで良かったんだ」

自分にも言い聞かせるように呟く。しかしアシㇼパの表情はまだ強ばったままだ。それでいい。彼女には差別にもこんな事にも、何も慣れてほしくはない。

汚れ役は、自分一人で充分だ。

「……不死身の杉元。どういう意味だ?」

やがて、アシㇼパは固い声で杉元に尋ねた。確かに人づてに聞けば大層な通り名だろう。彼女が気になったのも頷ける。

「深い傷を負っても、なかなか死ななかったからね」

と杉元は説明したが、自分の本質はそこではない。

「戦場では死なないために重要な事があった。殺される前に迷わず殺す事だ」

殺さなければ殺される。戦場においてそのルールは絶対だ。

そして別にこれは戦場に限った話ではない。普通に生きていく中でさえ、誰もが無意識に自分以外の命を奪って生きている。

「弱い奴は食われる。あんたも言ってたろう」

死にたくなければ、結局は殺すしか術《すべ》はないのだ。

これには、アシㇼパも黙り込むしかなかった。それでもアシㇼパは杉元に何かを訴えようとして——。

杉元の背後にいた白石と目が合い、「ん?」とアシㇼパの思考が真っ白になった。

確かに杉元達は、白石を身動きできないよう拘束していたはずだ。

だが白石はなぜかぴんぴんした状態で、その場をこっそりと離れようとしている。

「「あ」」

互いに短いかけ声を交わした後、白石は全速力でその場を後にする。

こうして、第二回目の鬼ごっこの幕が開けたのだった。

＊＊＊

これより、話は少し前に遡《さかのぼ》る。

「貴様、どこの所属だ」

尾形と杉元が睨み合いながら言葉を交わしているその隅《すみ》で、白石は縄で縛られたままアシㇼパに監視されていた。

「第一師団にいたが、満期除隊した」

だが、ただならぬ両者の殺気に当てられたようだ。アシㇼパの顔が不安で陰る。

「ここにいろ」

おまけに完全に拘束していたのでアシㇼパも油断したのだろう。彼女は白石にそう言い残すと白石から目を離し、杉元の方へと近づいていった。

その隙を、白石は逃さなかった。

アシリパの意識が完全に逸《そ》れたのを確信すると、白石は口から何かを吐き出した。蓑虫《みのむし》のように歯から糸が垂れており、先には包み紙のようなものが見て取れる。

白石は、それを足の指だけで器用に解いていく。やがて包み紙が完全に解かれて、中から剃刀《かみそり》が現れた。

剃刀を防水の油紙で包み込み、それを馬の毛で歯に繋ぎ予《あらかじ》め飲み込んでおいたものだ。大抵の人間は、身体検査こそすれど胃の中までは調べない。それを見越して白石は脱獄に利用できるものを数点、このように胃に隠し持っていたのだった。

網走監獄脱獄囚・白石由竹。

またの名を脱獄王、白石由竹。

はじめは強盗での投獄だったが、何度も脱獄を繰り返す事により、脱獄による懲役《ちょうえき》が強盗による懲役を遙かに上回るほどとなった、変わり種の囚人だ。

おまけに関節を自在に脱臼《だっきゅう》させる事ができる特異体質であり、鉄格子《てつごうし》を外した狭い視察孔《しさつこう》を抜け出した事もある。筋金入りの脱獄犯である。

そんな白石にとっては、このような拘束から抜け出すくらい朝飯前だ。しかも杉元と尾形は絶賛殺し合いの最中。自分は完全に蚊帳《かや》の外だ。

どさくさに紛れて、このまま林の中へと姿をくらまそう。

そろそろと気配を消して歩き出そうとしていたところ、アシリパに見つかり今に至るというわけである。

「ぐっ」

白石は杉元の猛追から、木々の間を滑るようにして逃げる。

思ったよりも気づかれるのが早かった。

いくら脱獄王だとはいえ、脱獄した後は普通の人間だ。杉元のような化け物じみた膂《りょ》力《りょく》と俊敏性は生憎《あいにく》と持ち合わせていない。

このままだと、間違いなく追いつかれる。

傾斜を駆け抜け様、半ば苦し紛れに白石は木の枝を摑んだ。そして最大限まで枝が反り返ったところで手を放し、背後の杉元に当たれと願う。

子供だましの一手だが、これが意外に杉元に効いた。

「ぐおっ！」

反発した木の枝は杉元の顔面にクリーンヒットし、杉元は大きく体勢を崩す。

このまま転げ落ちてくれれば御の字だったが、杉元はすんでの所で近くの木の枝を摑み、何とか延命した。

だが、形勢は白石に傾いた。こうなれば後は杉元を転がり落とせば終わる。

「ふぉ――っ！」

半ばハイになった白石は、足下の雪をむんずと摑んで杉元に投げまくった。端からだと男二人で楽しく雪合戦をしているように見えなくはないが、本人達は必死である。

しかし真剣だからこそか、雪玉を投げるのに夢中で足下が疎《おろそ》かになった。

白石は雪で足を滑らせると、斜面を真っ逆さまに転がっていく。その際杉元まで巻き込んで、結局二人仲良く谷底へと滑落していった。

「あーっ！　わぁわわわ！」

「うわうわっ、うおおおお！」

ドボン！　と二人は為す術なく川へ落ちる。

まるで五感全てが奪われたような感覚の後、ようやく二人は川から顔を出した。

「や、やばい。この寒さ、やばすぎる！」

「ああ、頭が、頭が割れそうだ！」

寒い、というよりもはや痛い。

つま先から頭の上までが悲鳴を上げている。ただでさえ吐く息も凍る雪山にいるのだ。水を浴びたとなれば、体ごと凍ってしまう。

　このような極度の体温低下の際、一般的に生存のために行動するタイムリミットは十分と言われている。その間に徐々に運動能力は低下し、手足は動かなくなり、やがて死に至るという。

　杉元は震える手でマッチを取り出すが、濡れていて火が付く気配がない。白石に至っては拾ってきた木をこすって火をおこそうとしている。だがあんな雑なものでは日が暮れても火は付かないだろう。

「駄目だ。マッチ使えない。銃、銃、銃」

　杉元は体を震わせながらきょろきょろと銃を探した。

　真の目当ては銃の中に入っている実包《じっぽう》だ。発砲すれば、火花だけが出て着火する事ができる。他に方法が思いつかない以上、とにかく銃を探さねば。

　震えながらも周囲を見渡すと、銃は確かにあった。

　杉元をあざ笑うがごとく、間違いなく手が届かないであろう斜面の上に。

「くそ……あんなところに……タマ……タマ……」

　もう寒さで意識が飛びかかっている。半ば祈る気持ちで腰の弾薬盒《だんやくごう》へと手を伸ばすが、そこに肝心の弾丸は入っていない。

「落とした、畜生」

言葉は譫言《うわごと》のように出ていた。

可能性があるとすれば、川の底しかない。しかしこの状況の中、再び川に身を委ねるのはどう考えても正気の沙汰《さた》ではないだろう。

僅かに迷ったが、他に選択肢はなさそうだ。

「俺は不死身だ……不死身の杉元だ！」

杉元は自分にそう言い聞かせた直後、川の中へと飛び込んでいた。

「おい！　おい、なにやってんだ？」

驚いたのは白石だ。見開いた目を杉元へと向ける。

「テメーも死にたくなきゃ、川に落ちた弾拾え！」

歯を震わせながら怒鳴るも、当の白石はまだ寒さでぼうっとしているようだった。だが白石はやがてはっと何かに気づいたように両手を上げた。

「おい！　取引だ！　協力するから俺を見逃せ！」

「取引もクソもあるかあああ！」

そもそもここで何もしなければ、二人とも仲良くあの世行きだ。元より杉元には白石を殺すつもりはなかった。でなければなぜ刺青をわざわざ描き写す必要があるだろうか。

「うるせーっ！　取引するのか！」

それなのに、白石はしきりに取引を訴えてくる。流石の杉元もこれには観念した。

「わかったから、早くタマを探せえええ！」

血走った目で杉元が呼びかけると、白石はなぜか体を捻《ひね》って自らの体を叩いた。

いったい今度は何をするつもりか。次にまた奇妙な行動を取れば、奴から片付けようかと杉元が憤っていたところで、白石が口から何かを吐き出す。

涎《よだれ》と共に出てきたのは、油紙で包まれた銃弾だった。

「……」

ぽかんと杉元が言葉を失っていると、白石は寒さに震えながら銃弾を見せつける。

「はっはっはっ。牢屋の鍵穴を壊す時の備えさ。寒すぎて忘れてた」

色々と突っ込むところはあったが、今は命の方が大事だ。

「貸せ！　貸せ！」

杉元はそれを奪い取ると、シタッ――白樺の樹皮をかき集め、倒木の割れ目に弾丸と共に差し込んだ。そのまま銃弾の底、雷管《らいかん》に銃剣を当てて石で強く叩く。

すると、雷管の起爆薬に衝撃が伝わり、中の火薬へと引火。激しく燃焼し始める。

それを必死で絶やすまいと、杉元達は息を吹きかけ続けた。

慌ただしいながらも、変化は顕著だった。

最初は線香花火程度だった火が、徐々に白樺を巻き込んで焚き火にまで育つ。やがて肌をひりつかせるような熱が炎から届いてきた。

今度こそ助かった。

「「〜〜〜〜〜〜〜〜〜っ！」」

ぱちぱちと音を立てる焚き火を前に、二人は仲良く声にならない悲鳴を上げた。

＊＊＊

共に死線をくぐったからか、それからの白石は比較的に大人しかった。

お互いに衣服を乾かし、お互いに焚き火の前に座り暖を取る。途中から合流したアシリパが白石の刺青を再び写し取っていても、白石は特に抵抗する素振りはなかった。

「——刺青は全部で二十四人分あると聞いてる」

微睡んだ空気の中、誰に言われるでもなく白石が囁《ささや》く。

「全員やべえ連中だ。特に脱獄を指揮した親玉はな」

ほう。親玉だと。また杉元の知らない情報が出てきた。

どうやら脱獄は突発的なものではなかったらしい。彼が話した通り指揮した人物がいるとなれば、囚人の中でも多少の力関係があるようだ。

「どんな野郎だ？」

　聞き返すと、白石は恐ろしいものを見たかのように言う。

「ジジイだ。網走にいた時は、大人しい模範囚だった。ところがどっこい、猫かぶってやがった。脱走の時、屯田兵から刀を奪い、あっという間に切り捨てた」

　編み笠を被った、長髪の老人だったようだ。

　その老人は何の躊躇もなく刀を振るい、三人を一瞬にして血の海に沈めたという。

　話を聞く限り、単なる政治犯でもなさそうだ。恐らくは杉元と同類、人を殺す事が当たり前の世界にいたに違いない。

「後で知ったが、箱館《はこだて》戦争で戦った旧幕府軍の侍《さむらい》らしい」

　ただ、その老人がいた戦場は、杉元の想像以上に過去のものだった。

　箱館戦争。旧幕府軍と新政府軍による、国内最後の内戦。まだ日本人が日本人同士で殺し合っていた時代の代物《しろもの》だ。

　そんな時代の亡霊《ぼうれい》のような人物まで、この金塊探しに関わっているとは。軍といい囚人といい、乗り越えるべき障害が多すぎる。

　杉元が苦虫を噛《か》み潰《つぶ》したような顔をしていると、白石はぽつりとその老人の名を呼んだ。

「新撰組《しんせんぐみ》、鬼の副長。土方歳三《ひじかたとしぞう》」

恐る恐る言った白石に、思わず杉元は眉を寄せた。

「土方歳三？　函館で死んだはずだろ」

土方歳三といえば、泣く子も黙る新撰組の副長だ。宇都宮《うつのみや》や会津《あいづ》の各地で旧幕府軍として戦い、最後は函館にて戦死した。

そう、戦死したのである。杉元が生まれてから今まで、土方が生きているという話は聞いた事がない。

半信半疑だったが、白石は「確かめてえなら本人に聞いてくれ」と一蹴した。

「あ、一ついい事を教えてやる。俺達はのっぺら坊にこう指示されていた」

小樽に行け、と。

なるほど。それで白石と笠原は小樽にいたというわけか。

指示の真意は計りかねるが、囚人達が小樽に集まっているのは間違いなさそうだ。

土方と呼ばれたその人物も、小樽にいるのだろうか。

であればその男は今頃どこで何をしているのだろうか。

新撰組鬼の副長、土方歳三。

噂が嘘《うそ》でも真でも、できうるならば会いたくない。杉元は本心でそう思った。

＊＊＊

土方歳三は、小樽の私娼窟《ししょうくつ》街を刀を携《たずさ》えながら歩いていた。

長い白髪と髭《ひげ》が特徴の、鋭い眼光を放つ老人だった。

年老いた体にもかかわらず、背筋はぴんと張って伸びている。堂々たる歩き様は私娼窟街の中では浮いて見えていた。どことなく刀の切っ先のような鋭さを連想させる風貌だ。

そんな土方は、迷う事なくある売春宿の中へと入っていく。そのまま目当ての部屋の前で立ち止まると、勢いよくふすまを開けた。

中には裸になった遊女の他、熊のような大男がいる。

「牛山《うしやま》」

男は網走監獄囚人、牛山辰馬《たつうま》。

人呼んで不敗の牛山。彼もまた土方と同様、尋常でない雰囲気を身に纏っている。

十年間無敗の柔道家だったらしいが、師匠と女絡みのいざこざがあった末、激昂《げっこう》した師匠と門下生《もんかせい》共々を返り討ちにしたという暴漢。

中には頭蓋骨《ずがいこつ》を潰されて、一生寝たきりの者もいるらしい。

恐るべきはそれを素手で行った事か。まるで人間業とは思えないような逸話だ。

「……っ」

最初はどこか呆《ほう》けていたような牛山だったが、すぐに隣の遊女を鈍い眼光で睨む。

「お前が売ったな」

居場所が特定されたのは、その遊女の仕業だと思ったようだ。真偽が定かでないまま、牛山は遊女の足首をつかんだ。

てっきり女を叱責《しっせき》するつもりかと思われたが、違う。あろうことか牛山は足首をつかんだまま、思い切り土方へ投げたのである。女は瞳孔《どうこう》が開いた様子で絶叫しながら、為す術なく土方目掛けて飛んでいく。

正に人間離れした怪力。膂力。不敗の牛山たる所以《ゆえん》である。

しかし、土方は冷静かつ俊敏だった。身を僅かに翻《ひるがえ》しただけで遊女をかわし、今度は自らの刀を牛山の額《ひたい》へと突きつける。

遅れて牛山がどこからか手にしていた銃を土方へと向け、場は一瞬にして膠着《こうちゃく》した。

「……」

「……」

しん、と先の大立ち回りが嘘だったかのような静寂が降りる。ただ不思議な事に、互いに相手を本気で殺してやろうという気概はないように思えた。

「――この石頭を確実に叩き割れる自信はあったのかい？」

それを感じ取ったのか、牛山は土方へと問いかける。すると土方は「当然」と畳に紙の束を投げつけた。囚人の体に刻まれた刺青と同じ、模様が入った紙の束だ。

「これを見ろ。刺青を描き写せば殺し合わずに済む」

考え方は杉元達と一緒だが、土方のそれは油紙を体に貼り付け、透かして刺青を描き写した代物だ。その点では土方の方が精緻《せいち》に刺青を描写していた。

「手を組もう牛山。我々に必要なのは利害関係だ」

ここにきて、ようやく牛山は土方が自分の命を狙いに来たわけではない事を確信する。となるとわからないのは目的だ。

「人を集めて何を始める気だ？」

「第七師団とやり合う」

土方は迷う事なく即答した。

第七師団の中に金塊を狙っている連中がいる噂は、牛山も聞いた事がある。ただその噂が事実となると、この話はチンピラ同士の小競り合いの枠には収まらない。何せ相手は強力な軍事力を持った軍隊なのだから。

「帝国陸軍相手に、時代遅れの刀で斬り合うつもりか?」

侍の時代はとうの昔に終わった。既に戦争の形は国内の争いから、世界全てを巻き込んだものへと変貌を遂げている。

そんな中、刀など時代遅れの代物を身につけたこの旧幕府軍の亡霊は、いったいこの時代に何を望み、為すつもりなのだろうか。

そんな思いも込めた疑問に対し、土方はふっと口角を下げる。

変わるつもりはないとばかりに、まるでそれが美徳であるとさえ言いたげな様子で。

「いくつになっても、男子は刀を振り回すのが好きだろう?」

土方歳三は、そう信念を刀と言葉に込めた。

＊＊＊

刺青囚人の正確な人数。そして脱獄を指揮したとされる親玉の情報。

一通り白石から話を聞いた頃には、干していた服や靴はすっかり乾いていた。

幸いにも今日は天気が良かった。川にさえ落ちなければ、ここは吐く息が白く染まる程度の過ごしやすい雪原だ。服ぐらいはこうして難なく乾く。

これが吹雪《ふぶき》の時だったら本当に危なかった、と杉元は自らの幸運に安堵した。

「白石と言ったな」

やがて身支度をすませた白石に、杉元は呼びかける。

「金塊は諦めてさっさと北海道から出ろ。刺青を狙ってるのは囚人達だけじゃねえ」

約束通り、杉元はこれ以上白石を拘束したり、追い詰めたりするつもりはない。

ここから先はただの老婆《ろうば》心だ。

「わかってる。陸軍最強の第七師団だろ」

「奴らは捕まえた囚人を皮一枚にするはずだ。刺青人皮《いれずみにんぴ》にしてしまえば、テメエみたいに逃げ出す事もないからな」

一戦刃を交えただけでわかった。彼らに容赦《ようしゃ》や情けといった言葉は存在しない。囚人でもない杉元を殺そうとしたのだ。当事者であれば尚更といったところだろう。

「俺は日本中の監獄を脱獄してきた、『脱獄王』白石由竹さまだ」

だが杉元の忠告に、白石は飄々《ひょうひょう》たる態度を崩さない。

「誰に捕まろうが、煙のように逃げてやる」

あばよ、不死身の杉元。アシリパちゃん。

そう言い残し、白石は手を振ってその場を後にした。

本来であれば金塊を狙う敵同士であるはずなのに、どこか憎めないのは彼生来の陽気な性格によるものだろうか。北海道は途方もなく広く、特に白石と何らかの約束を交わしたわけではないが、不思議と彼とはまた会う予感がした。

さて、この数時間で色々とあったが、これにてひとまず小休止だ。

人体とは不思議なもので、たとえどれほど命の危機に遭っても、必ず腹が減るようになっている。そういえば今朝から何も食べていない。果たしてアシㇼパはどうだろうか。

ぐうううう。

杉元が聞く前に、アシㇼパはお腹《なか》の音で返事をした。つられて杉元のお腹も鳴る。どうやら考えている事は同じのようだ。

そう微笑ましく思っていると、ふいに上空からガサガサと何か物音がする。見ると木の枝の上で、一匹のリスが可愛《かわい》らしく木の実を頰張《ほおば》っていた。

杉元はリスが好きだ。

だが生きるためには仕方のない事だってある。杉元は観念して乗り気なアシㇼパの後へとついていった。


「――リスって初めて食べるよ」

それからどれほど経《た》っただろうか。

小屋の外がすっかり暗くなった頃、杉元の前には三匹のリスの死体が並んでいた。二〇三高地では蟻でさえ食べた杉元だったが、流石に今回は物怖《ものお》じする。というよりもリスのさばき方も食べ方も味さえわからない。本当にこれは美味《おい》しいのだろうか。

しかし、アシㇼパは器用な手さばきでリスの皮を剥いでいき、山刀と小刀でトントンと細かく肉を叩き始めた。

「リスは小さいから、丸ごと叩いてチタタㇷ゚にする。チタタㇷ゚にすれば全て余す事なくいただく事ができる」

「チタタプ？」

返事の代わりに、アシㇼパは持っていた小刀を杉元へ渡す。

「チタタㇷ゚は『我々が刻むもの』という意味だ。疲れたから交代しろ、杉元。交代しながら叩くから『我々』なんだ」

となると、自分達でいうところのたたきのようなものだろうか。確かに見たところリスの骨は細かい。こうして骨ごとたたきにしてしまった方が食べやすそうだ。

勝手がわからないものの、杉元は先程アシㇼパがやってみせたようにトントンとリスの肉を叩いていく。

「チタタプって言いながら叩け」

「それもアイヌの風習なのかい？」

「いいやそれはうちの決まり。亡くなった私の母が言い始めたってアチャが言ってた」

何気なく言った一言だが、そこに深い陰りがあるのを杉元は見逃さなかった。

どうやら、アシㇼパは既に母親を亡くしていたようだ。そして今度はこの金塊の事件で父をも失った。その気持ちが、孤独がどんなものなのか、杉元も同じなのでよくわかる。

「チタタプ、チタタプ、チタタプ、チタタプ」

だからせめて少しでも寄り添えればと、言われた通りに杉元は声に出して肉を叩いた。

その杉元の真意が伝わったか否《いな》かはともかく、アシㇼパは杉元の作業を見続けている。

「チタタㇷ゚は生で食べるものだ。でも今回はお上品な杉元が食べやすいように、オハウに入れてやる」

「オハウ？」

「汁物の事だ」

いわゆる肉のつみれ汁のようなものか。確かに生で食べるのには少し勇気がいると思うので有り難い。体もまだ冷えているので、温かいものも食べたかったところだ。

そこからのアシㇼパの手際は見事だった。

先程のチタタプした肉を団子状に丸め、予め用意していたニリンソウの干したものを鍋へと入れる。アシリパ曰《いわ》くニリンソウは山菜の中で一番肉に合うと言われているらしい。

火を通し暫く待つと、それはそれは美味しそうな鍋が完成していた。

「血も骨も全て使ってチタタプにしたから、塩味も出汁《だし》も染みだしている」

「アシリパさんは何でも知ってるな」

熊に襲われた時も、囚人を捕まえようとした時も、そしてこの瞬間でさえ、杉元は彼女の知識や経験に助けられている。

感心しっぱなしの杉元だったが、アシリパは何て事のないように鍋の具をすくい、杉元へと手渡した。

「全てアチャから教わった。ほら食べてみろ」

「……いただきます」

お言葉に甘えて。杉元は頷いてチタタプの入ったオハウを口にする。

「うまいっ！」

そして、考えるよりも先に声が出た。

「肉がほんのり木の実の味がするっ！　つみれの中にあるコリコリしてるのは骨かな？

食感がいい！」

肉自体臭みがなく、ほんのりと甘いのはリスの主食が木の実だからだろう。チタタプした事で骨が砕かれ心地よい食感となっている。添えられた山菜も食材の香りをより豊かに引き出していた。どれもが絶妙なバランスで混ざり合っている。

「ヒンナヒンナ」

杉元がチタタプを堪能していると、アシㇼパは汁を飲みながら可愛らしい笑顔で言った。このような年相応の顔もするのかと微笑ましくなったが、

「なんだいそれ？」

先程から質問ばかりとなってしまっているが、アシㇼパは嫌がる事なく答える。

「感謝の言葉だ」

なるほど、聞き慣れない言葉であったが、いい響きだと思った。

「へえ……」

それはともかく、杉元は今はある事が気になっていた。

「あ、そうだ、アシㇼパさん。このままでも充分美味しいんだが、味噌《みそ》入れたら絶対合うんじゃないの、これ」

そう、この料理、素材が絶品なために、調味料の組み合わせ次第で更に大化けする可能性がある。味噌などはその代表例だろう。直感だが入れたら絶対に合う気がしている。

「……」

単純な好奇心ゆえの発言だったが、アシ𝇖パはぽかんとした様子だ。

「ミソってなんだ?」

今度はアシ𝇖パが聞き返す番だった。

どうやら、アイヌの文化圏で味噌は使わないらしい。だが幸いにして小樽に行った際、杉元は味噌を買っていたのだった。

「知らないのか? これだよ」

きっとアシ𝇖パも気に入ってくれる。

そう確信し、容器から味噌を取り出して見せた杉元であったが、アシ𝇖パはまるでおぞましいものを見たかのように杉元を睨む。

「杉元これ、オソマじゃないか!」

「オソマ?」

「うんこだ!」

ふむ。見た目によってはそう見えなくもない。ただ自分がうんこを鍋に加えようとしている人間と思われているならば、それはそれで心外である。

「うんこじゃねえよ。味噌だよ」

しかし、アシㇼパは「うんこだ！」と言って聞かない。何だかんだ言って、こういうところはまだ子供なのだなと思う。

「うんこじゃねえって。美味いから食べてみなよ」

「私にうんこを食わせる気か！　絶対食べないぞ！」

うーん。どうやらこれは一日で納得してもらうのは難しそうだ。本当に味噌と合いそうなのに残念だが仕方ない。

杉元は彼女を説得するのは諦めて、せめて自分だけでも、と汁に味噌を加えた。杉元としてはワクワクしながらの作業であったが、アシㇼパが杉元に向ける目はありありと侮蔑《ぶべつ》に満ちている。

しかし、今の杉元は気にしない。杉元は嬉《うれ》しそうに汁を口に運んでいく。

「……バッチリ合う。やっぱり日本人は味噌だなあ」

予想通り、つみれ汁の味噌合わせは、杉元の想像通りの組み合わせだった。元来の素材の良さを味噌が引き立て、馴染《なじ》みのある味に仕上がっている。

こんなものが雪山の中で食べられるとは。満足そうな杉元だったが、相変わらずアシㇼパの目は冷えたままだ。

「うわぁ、うんこ食べて喜んでるよ、この人」

「ヒンナヒンナ」

「だまれ」

二人の掛け合いは、静かな森の中へと響く。

二人がいる小屋から漏れた光は、薄暗い森の中を暖かく照らした。


その頃、そこから少し下流まで下った川岸にも、同じような光が漏れていた。

だが、松明の明かりに照らされていたのは、軍服に身を包んだ物々しい集団だった。

彼らの中心にいたのは、担架《たんか》の上で横になっている尾形だ。

杉元との激しい戦闘の末、崖下へと落ちてしまったが、こうして同じ第七師団の仲間に救出されていたというわけだ。

意識が朦朧としている一方、浅く呼吸はしている事から一命は取り留めたらしい。ただあくまで命があるだけで、瀕死の重傷であるには違わない。

彼らが尾形を観察し続けていると、遠くから動物の足音が近づいてくる。

足音の正体は馬だった。

乗り手も同じように軍服を纏っている事から、第七師団の何者かであるのは理解できる。

しかし周囲の兵士達の男に接する態度は、一兵卒に対するものとは明らかに違っていた。

男自身が纏う空気は、威厳より狂気の方が勝っている。

逆光のせいで顔自体ははっきりとわからなかったが、この男が尋常ではない事は誰の目にも明らかだった。

「発見がもう少し遅れれば死んでいたでしょう。この怪我《けが》でよくここまで這い上がったものです」

部下であろう男の説明を余所に、その男は馬から降り、静かに尾形の方へと近づく。

「誰にやられた？　尾形上等兵」

しかし、尾形は意識が定かでないうえ、顎が割れているのもあり話せなくなっていた。

代わりに震える指を動かして、必死にその男の掌《てのひら》へと何かの文字を描いていく。

尾形がようやく描き終えたところで、男はぼそりと呟いた。

「――ふじみ」

場にいた全員が全員、意図を計りかねていた。

ただ、その男だけは何かを胸に秘めていたようだった。

＊＊＊

一夜を小屋の中で過ごし、下山しようと雪道を歩いていたところだった。

杉元はふと、正面に雪に覆われた穴があるのを目にした。

一見して天然の洞窟のようにも見えるが、杉元はこれが何なのかは充分に理解している。できれば今後一切目にせず生きていきたかったものだ。

体を強ばらせる杉元に対し、アシㇼパも緊迫した面持《おもも》ちで杉元に顔を近づけた。

「入口に氷柱《つらら》があったり、生臭かったらヒグマがいる可能性が高い」

やはり穴の正体はヒグマの巣だったようだ。

杉元はおっかなびっくり穴へと顔を近づける。すると天井には鋭く尖《とが》った氷柱がいくつも連なっており、足下には熊笹《くまざさ》の葉がびっしりと几帳面《きちょうめん》に敷き詰められていた。

おまけに姿が見えないながらも、ほんのりと獣独特の臭気が漂ってくる。杉元はそそくさと穴から離れ、アシㇼパの元へ逃げ帰った。

「いるかも」

しかし、アシㇼパは少しも動じた素振りはない。あろうことか「捕まえるか?」と杉元よりも勇ましい発言をする始末だ。

「どうやって?」

もうあんな命がけの大立ち回りはこりごりだが、アシㇼパは昔を思い出すように言う。

「勇敢だったアチャは、毒矢を握りしめて巣穴に潜っていき、一人でヒグマを仕留めたものだ」

「よく殺されなかったな」

「アイヌの言い伝えにこういうのがある。『ヒグマは巣穴に入ってきた人間を、決して殺さない』」

アシㇼパはそう言うものの、言い伝えになるというのは生存した者が声を上げたからであり、実際にはその裏には多数の物言わぬ屍《しかばね》がいるのでは、と邪推をしてしまう。

いずれにせよ、自分には無理だろう、と別の世界の出来事のような気分でいた杉元だが、アシㇼパはなぜか期待のまなざしを杉元に向けた。

「……」

これは、あれか。もしかして自分がそうする事を期待されているのだろうか。

「……絶対やだ」

ただでさえ危険な囚人を捕まえなければいけないのにもかかわらず、今すぐヒグマを食べなければ飢《う》え死にするわけでもない。ここは命を張るところではないだろう。

杉元は引き気味で断ると、既にアシㇼパの興味は別へと向けられていた。

「杉元、あれなんだろう?」

人に振っておいて次は何だと不満げな杉元だったが、アシリパの視線の先を目で追って
すぐに自身も眉をひそめる。

「何か光ってる」

ここより少し標高の高い位置。森の中のある一点から、妙な光がきらりと反射していた。

しかし自然界であのような光を放つものはまず存在しないだろう。

可能性を挙げるとすれば人工物。

そしてそんなものをあの場所から使うに値《あたい》する理由は――。

答えを導く前に、杉元はアシリパの手を取り、だっとその場を離れた。

「やばい！　双眼鏡だ！」

逃げようとするも、気づくのに時間がかかってしまった。恐らく敵に至っては、自分達よりも遙か前にこちらを視界に捉えているに違いない。

敵の正体は定かではないが、こんな所で双眼鏡を使うような連中だ。金塊に関連する相手には違いないだろう。

「――こちらに気づいて逃げました」

そんな杉元の読みは、不幸にも全て当たっていた。

「アイヌの子供。もう一人は軍帽を被っています」

去っていく杉元達の姿を確認し終えると、第七師団の谷垣《たにがき》は双眼鏡を外した。

彫りの深い顔に引き締まった筋肉が特徴の、いかにも兵士らしい屈強とした容貌だ。

丘には谷垣の他、三名の第七師団の兵士がいる。

他の三人は谷垣と顔立ちや体格こそ違えども、そこはやはり同じ第七師団か。微塵も隙を感じさせる事なく、瞳を鈍くぎらつかせながら話を聞いていた。

「あやしいな」

これには、杉元の察しが良すぎた事も災《わざわ》いした。

彼らは別に杉元達の正体に気づいていたわけではなかったのだ。このような森の中でいったい何をしているのか窺っていただけだったが、杉元がその場から逃げ出すのを見て、杉元を追跡する事に決めたのだった。

四人はスキー板に体重を乗せながら、器用に雪の斜面を滑っていく。

樺太《からふと》式、或《ある》いは露国《ろこく》式と言われるこのスキー板は、裏にアザラシの毛が貼ってある。傾斜を登る際は毛並みに逆らうため、横歩きする必要がなく機動性も高い。このように少し高い位置から獲物を追従するにはうってつけの装備だ。

日頃から扱い慣れているのもあるのだろう。四人はみるみるうちに山を滑り降り、杉元達へぐんぐんと近づいていった。

一方、追われる杉元は窮地《きゅうち》に陥《おちい》ろうとしていた。

「四人だ！　ものすごい速さで追ってくる！」

背中からアシㇼパが叫ぶ。この状況では罠を仕掛ける時間もない。おまけに雪の上では、足跡が目立つから逃げ切れない。このままだといずれ距離を詰められるだろう。

「笹藪《ささやぶ》を通る。足跡が目立たないから追跡が遅れる」

アシㇼパの助言どおり、杉元は道を逸れて笹藪が生い茂っている方へと走った。

確かにここであれば足跡は目立たない。ただこれはあくまで急場しのぎなだけで、状況は全く好転していない。せいぜい見つかるのが少し遅くなったくらいだ。

これは逃げ切れない。観念した杉元は、呼吸を荒げたままアシㇼパに向き直った。

「アシㇼパさん、二手に分かれよう。奴らは俺の足跡だけ追うはずだ」

と言いながら、次に持っていた刺青人皮をアシㇼパへと手渡す。

「もし捕まっても抵抗せずに奴らに渡せ。何も知らないふりをしろ。いいな？」

流石に相手が第七師団であれ、女性まで殺すような連中ではないだろう。アシㇼパとしても父の手がかりさえ見つけてくれれば、相手は誰だっていいはずだ。

ここでアシㇼパが無理をする必要は何もない。無理を通すのは自分だけでいい。

杉元は彼女が刺青人皮を手にした事を確認すると、全力で違う方向へと走った。

「杉元！　戦おうなんて思うなよ！」

アシㇼパは不安げな様子で杉元を見ていたが、すぐ藪の中へと消えていく。

自分もうかうかしていられない。ここで自分が捕まる事を杉元は望んでいない。

アシㇼパは決意を新たに、杉元とは違う方向へと走り出した。


第七師団がその場所に駆けつけたのは、それからさして時間はかからなかった。

「ありました！　笹藪を抜けた足跡です」

スキー板を履いた四人組は、杉元とアシㇼパの足跡を目視して叫んだ。

目は口ほどに物を言うと言うが、この雪山において足跡は口よりも物を言う。元より姿を見られていた時点で、この鬼ごっこは決着がついていたのだ。

ただ、相手も黙って捕まろうとする気はないらしい。

「二手に分かれています。アイヌの子供はあっちです」

こちらの戦力を少しでも分散しようとした苦肉の策だろう。苦肉となぜ思うかは、選択するための片方が年端もいかないアイヌの少女だからである。

「よし、子供は谷垣に任せた。野間《のま》と岡田《おかだ》はついてこい」

四人の中で一番階級の高い玉井《たまい》がそう命じる。

第七師団としては、子供に均等に戦力を分けるつもりはなかった。あくまでこちらの狙いはあの男であり、ひいては刺青だ。

極めて常識的な判断であったが、男達が追っている二人は常識の枠外にいる人間である事を彼らは後々思い知る事になる。

＊＊＊

のどかな銀世界を背景に、谷垣は新雪に足跡を刻んでいく。

山の天気も暫くは崩れそうにないほどからっとしており、呼吸する度に新鮮な空気が肺へと流れ込む。ところどころ汗が滲むが、時折吹く冷風が心地よかった。

谷垣は、何ら気負う事なくアシ𛀁パの足跡を追っていた。

当たり前だ。自分が今追っているのはヒグマでも囚人でもなく、無害そうなアイヌの少女なのだから。足跡から目を離す事はないにせよ、見つけた瞬間に臨戦態勢になるといった気概も同じように持ち得ない。

半ば義務感だけで足を進めていた谷垣だったが、ふいにその足が止まる。

「——足跡が消えている？」

特に何もないような場所で、ふいにアシリパの足取りが途絶えていたのだ。

周囲に笹藪や飛び移れる枝があるわけでもない。忽然《こつぜん》と足跡を消すなど幽霊にしかできない芸当だが、そもそも幽霊に足跡はつかないだろう。

普通なら狼狽《ろうばい》するところだが、生憎と谷垣は東北マタギの生まれだ。この現象と似た事例は、谷垣の知識と記憶の中にある。

「ここで自分の足跡を踏みながら戻ってるな。獣が使う『止め足』か。賢《かしこ》いな」

獣が追跡者をまくために、自分の足跡を慎重に踏みながら後退する止め足の技術。

恐らくはどこかで足跡近くにある笹藪へと飛び移り、身を隠しているはずだが。

散策してみて、谷垣の推測は的中した。

木の上でアイヌの装束を纏った少女が、こちらを見ているのを目にしたからだ。

「下りてきなさい。決して危害は加えないから」

谷垣は特に警戒せず呼びかける。

あくまで用があるのはこの少女の連れだ。あの軍帽を被っていた男は少女とどういった関係があるのかだけ確認できれば良かったが。

「お嬢ちゃん、日本語はわかるかい？」

「クトゥラ　シサム　オハウ　オロ　オソマ　オマレ　ワ　エ《一緒にいた男は汁物にウンコを入れて食べる》」

アシㇼパはアイヌ語を使う事で誤魔化した。

「まいったな。さっぱりわからん」

ここは会話ができると思われない方がいい、というアシㇼパの作戦であったが、その目《もく》論《ろ》見《み》通りに谷垣は困ったように嘆息した。

「捕って食ったりはしないから下りておいで」

代わりに、谷垣は身振り手振りでアシㇼパに下りてくるように指示した。

僅かに迷ったアシㇼパだったが、幸いにも谷垣は微塵も自分を警戒してはいない。ここは素直に言う事に従った方が良さそうだ。

『もし捕まっても抵抗せずに奴《よ》らに渡せ』

加えて、杉元の言葉も脳裏に過ぎる。

しかしアシㇼパは胸元から刺青人皮を取り出すと、木の枝に置いた。彼ら第七師団の手に渡らないように。そうする事が杉元のために繋がると思ったからだ。

だが、アシㇼパが木から下りようとした正にその時、持っていた矢筒が枝に引っかかり、弾みで刺青が落ちてしまう。

更に間の悪い事に、谷垣の目が届きうる所へと落下したのだった。

「……？」

何かが上空から降ってきた。

谷垣は少女から目を離し、とりあえずといった素振りでその落とし物を目にする。

そうして落下物が刺青人皮である事を知り、文字通り血相を変えた。

この金塊争奪戦の鍵となる刺青人皮。囚人にせよ第七師団にせよ、金塊を狙う誰もが追い求めている手がかりだ。

「……何で持っている？」

もう、谷垣に先程までのゆとりは存在しなかった。

少女が金塊に何らかの形で関わっている以上、微塵も気を緩める素振りはない。

だから、少女が矢筒に手を伸ばしたのも、谷垣は決して見逃さなかった。

「弓を下に置け！」

低く唸るような谷垣の声に、アシリパは思わず弓から手を放してしまった。これで谷垣の予感は確信へと変わった。

「やはり俺の言葉がわかっていたな？」

再び銃を構える谷垣。洞察力も、恐らくは戦闘の経験においても谷垣の方が上だ。そもそもこうも相手が警戒している状態だと、銃と弓では勝負にならない。

「矢筒と山刀と小刀も、全部捨てるんだ」

じりじりと銃口をこちらに向けて、谷垣はアシㇼパに近づいてくる。

どうする？　とアシㇼパの背中に嫌な汗が流れる。ここで自分はどう行動すれば正解になるのだろうか？　……杉元の方は無事なのだろうか。

アシㇼパが窮地に立たされていた、その時だった。

谷垣の後方、アシㇼパの正面から何かが現れた。

――人ではない。人にしては速すぎるし何より大きすぎる。真っ白な体毛を持つソレは、笹藪を一直線に駆け上がり、鋭い牙にて谷垣に襲いかかった。

それはヒグマに襲われていた時、アシㇼパを助けたエゾオオカミだった。

かつて北海道に広く分布していた、タイリクオオカミの亜種。一八九〇年代にはエゾオオカミはその殆どが駆除され絶滅したとされているが、このレタㇻは唯一の生き残りだ。

「……っ！」

ようやく谷垣は背後からの強襲者に気づく。しかし遅い。遅すぎる。今更気づいたところで狼の動きに人間が対応できるはずもない。

谷垣は銃を構える事もできず、その白い狼に対して驚愕《きょうがく》の目を向けるだけだった。

＊＊＊

片側が早々に結末を迎える中で、杉元は未だに息を切らして追跡を振り切っていた。

いや、正確に言えば追跡を振り切るふりをしていた、か。

元より逃げ切れるとは思ってはいない。案の定、杉元のすぐ背後から金属同士をすり合わせた音が届く。追ってきた連中が銃を構えたのだと見ずとも理解できた。

「止まれ！」

ここまでが限界か。杉元は観念して両手を上げながら振り向いた。

追跡者は三人。やはり全員が第七師団のようだ。一様に目だけは微塵も揺らがず据わっている。間違いなく死線をくぐり抜けてきた軍人の目だ。

一人アシリパの方へと向かったのが心残りではあるが、大多数をこちらにおびき寄せられた事は及第点としよう。

「銃を捨てろ。腰の銃剣もだ」

言われた通り、杉元は銃と銃剣をその場に捨てる。

杉元が素直に従ったので、兵士達も即座に撃ってくるという事はなかった。この時点で、杉元は自分の正体が敵に割れていない事を知る。

「なぜ逃げた？」

そうであれば都合はいい。問いに杉元はさも当然とばかりに兵士達を見る。

「密猟者を捕まえに来たんだろ？　禁止されてる鹿を撃ってた。この辺に詳しいアイヌに案内させてな」

予め考えていた返答をそのまま話すと、見るからに兵士達の警戒が解かれた。やはり彼らも確証があって自分を追っていたわけではないようだ。

「我々の仲間が近くで襲われた。怪しい奴を見ていないか」

「さあ、誰にも会ってないな」

彼らが指す仲間というのは、杉元との戦闘の末に崖下に落ちた尾形の事だろう。だとすれば杉元は当事者であるが、素直にそんな事を話せば間違いなくあの世行きだ。

咄嗟の苦し紛れについた嘘であったが、思ったより効果はあったようだ。兵士達は杉元の発言を微塵も疑っていない。このまま穏便に乗り切れそうだ。

内心で安堵する杉元だったが、これで事が収まればそう苦労はしない。

「……その顔」

緊張が解けかけた頃だった。

野間と呼ばれた男が、ふと何かに気づいたように杉元の顔をまじまじと見る。

「旅順の野戦病院で見た事がある。第一師団にいた──杉元」

不死身の杉元だ。

どうやら名が売れるというのも、一概に良い事ではないらしい。

特にこのように素性を知られたくない場面であれば尚更だ。

野間の声の直後、明らかに兵士達の様相が変わった。

「──ふじみ。尾形上等兵を襲ったのは貴様か、杉元！」

彼らの中でどういった論理が働いたのかは知らないが、兵士達は明らかに激昂した様子で杉元に銃を向けた。かたや銃を構えた兵士が三人。かたや丸腰が一人。分が悪いのは明らかだ。

「腹ばいになって両手を後ろに回せ！」

「腹ばいになれと言っているんだ！」

兵士達の出す怒声はどんどんと緊張感を増していく。先程の威嚇《いかく》とは違い、いつ発砲してきてもおかしくないほど場は緊迫していた。

おまけに、と杉元はちらりと背後を見る。

さっきまで気づかなかったが、後方には倒木を屋根代わりにした大きな穴があった。

天井部分には鋭く尖った氷柱。そして足下にはびっしり敷き詰められた熊笹。何よりこの距離からでも感じる、獣独特の臭気と気配。

疑う余地もない。この穴の先には、確実にアレがいる。

まさしく前門の虎《とら》、後門の狼。いや、後方は恐らく違う獣の名が入るだろう。

「……」

このまま大人しく撃たれるのを待つか。それとも穴へと突っ込んで糞《くそ》へとなり果てるか。

杉元がどちらを選択しようと、両方とも死地の可能性すらある。

しかし、杉元は直前になってアシㇼパの言葉を思い出していた。

『アイヌの言い伝えにこういうのがある――』

彼女にはいつも助けられてきた。どちらも死地であれば、彼女の言葉を信じよう。

そう決意した杉元は、勢いよく背後へと走り、そのまま穴へと飛び込んだのだった。

「……はあ？　穴に逃げ込んだぞ」

驚いたのは兵士達だった。杉元が妙な気配を出すので応戦してくるのかと思えば、なぜか後方の穴へと逃げていったのだ。戸惑うのも無理はない。

というよりこの穴は何なのだろう。そんな狭い所に逃げ込んだからといって、状況が打開できるとは到底思えない。往生際が悪いとさえ思ってしまう。

「見苦しい」

困惑する兵士達であったが、やがて玉井が穴へと銃を構えた。

「もういい、撃とう撃とう。あんなみっともない男が不死身の杉元とは信じ難い」

「しかし殺したら何も聞き出せませんよ」

「本物ならば死なんのだろう？　確かめようじゃないか」

周囲の忠告を余所に、玉井は穴目掛けて発砲する。

その直後、銃声が小鳥のさえずりとさえ思ってしまうほどの咆哮が森に轟いた。


兵士達の衝撃も相当だったのだろう。何せ杉元を狙ったつもりが、出てきたのは体長二メートルを超すヒグマだったのだから。全員が状況を把握するのに時間がかかった。

しかし、ヒグマは彼らの判断を悠長に待ってはくれなかった。

発砲した玉井が慌てて銃を構え直すも、引き金を引くよりも先にヒグマの爪が届いた。玉井の顔面はヒグマの爪によって、粘土《ねんど》細工のようにべろりと剝がれる。

遅れて弾丸が放たれたが、その軌道は大きく逸れ、岡田の頭部を直撃した。頭部を貫かれた岡田は一瞬にして絶命し、物言わぬ死体となって地面に倒れ伏す。

この間たった数秒の出来事であったが、戦況は大きく様変わりしていた。

「――グルルルル」

既に二人を再起不能にしたヒグマであったが、興奮が収まる様子はない。ヒグマは再び雄叫びを上げて、歯をガチガチと鳴らし地面を掻《か》き毟《むし》った。

そんな地獄が繰り広げられる中、最後にその場に立っていた野間だけは冷静だった。

「しー、落ち着けよ、な?」

猛《たけ》り狂うヒグマを前にしても動じず、しきりに「落ち着け」と言葉を繰り返す。ヒグマは相変わらず興奮冷めやらぬ様子だが、襲いかかる素振りはないようだ。

「山で炭焼きをしていたじいさんが教えてくれたんだ。クマに出会ったらジッと目を逸らさず、怒りが鎮まるのを待つ。そして――」

しかし、どうやら教えの全てが必ず現実で上手くいくとは限らないらしい。ヒグマは無情にも野間目掛けて襲いかかった。

今度こそ動揺した野間は、ヒグマの巣穴へと逃げ込もうとする。だが猛り狂うヒグマに、背中を見せるのは自殺行為だ。

ヒグマは容赦なく、野間を爪と牙で引きずり出した。

「うわあぁぁ!」

野間は、断末魔を上げながらヒグマに体を刻まれ、振り回される。切り裂かれた腹からは内臓がはみ出して、傷口から噴き出た血は白い雪を真っ赤に染めた。

一方的な殺戮《さつりく》の幕が下り、やがて兵士が完全に絶命した頃だった。

少し遅れて、乾いた銃弾の音が響く。

撃ったのは、最初にヒグマに襲われ顔を剝がされた玉井だった。既に呼吸は浅く、目は虚《うつ》ろながらもヒグマ目掛けて銃を連射している。

第七師団の執念がなせる技なのか。それとも純粋な復讐《ふくしゅう》心によるものなのか。玉井はまるで死体のような有様であったが、所持していた弾薬が空になるまで弾を撃ち続けた。

しかし、玉井の行為はただヒグマを道連れにするためだけのものだった。兵士はヒグマが死んだのを見届けると、ばたりと沈黙して動かなくなる。

場には再び静寂が降りる。

壮絶な戦いの果て、ヒグマと兵士達は無惨な相打ちを遂げたのだった。

ただ、忘れてはいけない。この場には兵士とヒグマの他、もう一人いた事を。

風の音さえも聞こえそうな静けさの中、穴の中から足音が響いた。

足音の正体は、杉元だった。

杉元は全てが終わった後、何事もなかったかのように巣穴から顔を出す。何とその両手には先程のヒグマの子供と思われる小熊が抱きかかえられていた。

　こちらは先程の成熟したヒグマとは違い、目はくりくりと丸く毛はふわふわだ。その愛くるしい姿に思わず抱えてきてしまったが、気がかりなのはこの小熊の未来だ。

「ほっとけねえから連れてくけどよぉ。アシㇼパさん、お前をチタタプにして食っちまうかもな」

　凄惨《せいさん》な死体が転がる中で、助かった事に喜ぶわけでもない。

　杉元はこの小熊がリスと同じ末路を辿らないことを、ただ心から案じていた。

＊＊＊

　ヒグマも相当なものではあるが、狼の戦闘能力も負けずとも劣《おと》らない。

　犬を遥かに上回る巨軀《きょく》に、牙も鋭く研《と》ぎ澄まされている。俊敏性に至ってはヒグマよりも狼に軍配が上がるだろう。現にアシㇼパがヒグマに襲われそうになった時、少しも臆する事なくヒグマと渡り合っていたほどだ。

　少なくとも、武器がなくては人間が叶う相手ではない。

　谷垣は必死に抵抗を続けるも、背後から突如現れたエゾオオカミの前に、為す術なく蹂躙《じゅうりん》されていた。

既に片方の足はあらぬ方向へと曲がっている。満足に動かせるのは手だけだが、そんなものは狼の前では気休めにさえならなかった。

狼の牙が谷垣の首元を貫こうとした時だった。

「レタㇻやめろっ！」

アシㇼパの緊迫した声が、狼の動きを制した。

その声を聞くや否や、レタㇻは谷垣に対する攻撃を止めてアシㇼパへ近づいていく。

もうレタㇻに先程のどう猛さはない。アシㇼパはそれを確認すると、レタㇻの頭を優しく撫《な》でた。

「お前は最後のホロケウカムイ《狼の神》なんだから、ウェンカムイなんかになっちゃ駄目」

人を殺した獣は悪い神となってしまう。古くからのアイヌの言い伝えだ。

山にはドングリ、コクワ、ぶどうに蜂蜜《はちみつ》。美味しいものが沢山あるのに、ウェンカムイとなれば罰として人間しか食べられなくなる。人を恐れぬ凶暴で危険な悪神となるのだ。

もう谷垣との決着はついた。レタㇻにはそうなってほしくない。

アシㇼパがそう諭《さと》していると、遠くから「アシㇼパさーん」と呼ぶ声が聞こえた。

「杉元だ。無事だったか」

とたんに、アシㇼパは嬉しそうに目を輝かせた。どうやら杉元も上手くやったみたいだ。

無邪気に安心するアシㇼパだったが、地面に蹲《うずくま》る谷垣を見てふと我に返る。

「……いいか、お前は隠れていろ。杉元に殺されるぞ」

杉元は善人ではあるだろうが、人を殺さないわけではない。目的のためであれば、良くも悪くも手段を選ばないのが杉元だ。

幸い谷垣もこの足では追ってはこれないだろうし、強い男だから放っておいても死ぬ事はないだろう。ここは杉元と彼を会わせない方が得策だ、とアシㇼパは考えた。

一方で、杉元も隠し事はあるようだ。

上着の胸に隠した小熊に対して「いいか、静かにしてろよ。アシㇼパさんに食われるぞ」と囁いてアシㇼパと向き合った。

「良かった。無事だったのか」

互いに胸に秘めたるものを持ちながらも、こうして大過なく再会できたのは純粋に嬉しくもある。本当にお互いよくこの局面を乗り切れたものだ。

「ああ、上手く逃げ切った。お前は追っ手をどうしたんだ？」

「さっきの巣穴に逃げ込んで、何とかまぁ、やり過ごした」

というより他の手段がなかったのだが、驚いたのはアシㇼパだった。

「穴に入ったのか？」

「ヒグマは巣穴に入ってきた人間を殺さない――。アシㇼパさんが言っていた事は本当だった」

「アチャ以外でやったやつを初めて見た」

何と、杉元がした行動は、アイヌの中でも珍しいものだったらしい。

改めてよく命があったものだと胸をなで下ろしていると、アシㇼパの視線が杉元の胸元辺りにある事に気づく。ちょうど杉元が小熊を隠した位置だ。

「……」

もしやこれは、気づかれたか？

「とにかく早くここから離れよう」

杉元は慌ててアシㇼパに背を向けると、そそくさと足早に歩き始めた。

正直この小熊に関しては杉元も扱いに困っているが、このままアシㇼパに見つかってしまえば、つみれ汁か何かの具材になる可能性が濃厚だ。リスさえ心にくるものがあったのに、こんな愛くるしい小熊となれば落涙は必須である。

しかし、アシㇼパは目を半開きにしながら杉元を睨む。

「ところで杉元、それどうした？」

「ん!?」

「杉元ぉ。杉元ぉう。もう一度よく見せてみろよぉ」

アシㇼパは、まるでならず者がカツアゲをするような迫力で杉元を詰める。杉元にとってもならず者にカツアゲをされているような心地ではあった。

「こいつは何でもない。関係ない」

必死に小熊を隠して庇おうとするが、アシㇼパの目は相変わらず据わったままだ。

「ああ？　その小熊どうするつもりだぁ？」

おまけに小熊と具体的に言ってしまっている。これは言い逃れはできないようだ。杉元は観念して胸元から小熊を取り出し、おずおずとアシㇼパに差し出した。

「こいつはもうアシㇼパさんだけで食ってくれ。俺には無理だ」

泣く泣くといった杉元だったが、アシㇼパは逆にぽかんとした様子だ。

「はあ？　食べんぞ？」

今度は杉元がぽかんとする番だった。

小熊というのはそれほど美味しくないのだろうか。それとも食用とは違う使い方をするのだろうか。

「私達は小熊を捕まえたらコタンで大切に育てる」

色々と猜疑心《さいぎ》を孕《はら》んだ杉元に、アシㇼパはそう言って歩き出す。

「コタン？」

「村の事だ」

＊＊＊

アイヌコタン。

大きな川や河口付近に、数戸から数十戸のチセと呼ばれる家が集まり、村長を中心に秩序正しい社会生活が営まれていた集落だ。

家は茅葺《かやぶ》きで作られたものが多く、各家の外にある祭壇にはヒグマの頭蓋骨を大々的に祀《まつ》っていたりと、彼ら独自の文化を築き上げている。

杉元はアシㇼパに案内されるがまま、彼女のコタンへと足を踏み入れていた。

杉元も村の出ではあるが、建物も暮らす人々の服装も自分の村とはまるで違う。どこか異国の地に足を踏み入れたような感覚はしつつも、不思議と居心地は悪くない。

杉元がそれらを興味深げに眺めていると、遊んでいた子供の何人かがアシㇼパの元へと駆け寄ってきた。

「アシㇼパ、ホシピ　ナ《アシㇼパが帰ってきた》！」

「アシㇼパ、エイワンケ　ワ　エアナ　ルウェ《アシㇼパ、元気だった》？」

「クイワンケ　ワ《元気だよ》」

子供達と和《なご》やかにアイヌ語で話すアシㇼパを見て、やはり彼女はアイヌなのだなと思い知らされる。同時に日頃からあれほど流暢《りゅうちょう》に日本語で会話ができる彼女の聡明さに改めて脱帽した。

「タアン　シサム　ネン　タ　アン《この和人は誰》？」

感心していると、一人の少女が自分を指さして何か言った。杉元はアイヌ語を理解はできないが、何となく「この人誰？」のような事を言われた気がする。

「ヌカラ《見て》！　アシㇼパ　シサム　トゥラノ　ホシッパ　シリアン《アシㇼパが和人を連れて帰ってきた》！」

ようやく子供達は杉元に気づいたようだ。目を輝かせながらアシㇼパの背後にいた杉元へと駆け寄ってくる。

子供に限らず、他のアイヌの男達も杉元を見ていたが、その目に侮蔑や嘲笑《ちょうしょう》の色は一切ない。どちらかといえば興味や好奇心といった割合が多そうだ。

「みんな、俺を怖がらない」

「アイヌは好奇心旺盛《おうせい》だ。『新しいもの好き』なんだ」

なるほど。ようやく杉元は、なぜここの居心地が悪くないのか理解する事ができた。ここで暮らす人々は、基本的に杉元をのけ者にしたりあざ笑ったりはしない。あくまで一人の和人として接してくれている。それが杉元には意外であり、嬉しかった。

「フチ！　杉元、私の母方のフチだ」

アシㇼパの声に、杉元はおや、と顔を上げる。

見るとアシㇼパのチセと思われる家の中から、一人の老婆が顔を出していた。

「フチ？」

「おばあちゃん」

それはしっかりと挨拶《あいさつ》せねば。杉元はアシㇼパと共にフチの元へと歩み寄った。

「クトクイエヘ《私の友人だ》　ネ」

フチは杉元を一目見ると、自らの額帯を取り人差し指で鼻の下をこする。彼女なりの挨拶なのだろうと杉元も、軍帽を取って頭を下げた。

「タネポ　アシㇼパ　タク　ニシパ　ネ　クス　アキヤンネレ　ナー《初めてアシㇼパが連れてきた客だから、私たちはもてなそう》」

相変わらず杉元には何を言っているかはわからない。

しかし歓迎されている事は伝わったので、言語とは不思議なものだと思った。

＊＊＊

建物の中も、実に興味深い光景が広がっていた。

むき出しの梁《はり》に屋根がそのまま乗っており、植物を乾燥させたものが上から吊るされている。薬か或いは食べ物か。どれも見慣れない形をしており、用途も定かでなかった。

小物一つとっても不思議なものばかりだ。杉元がチセの中を興味深げに眺めていると、一人の子供が部屋へと入ってきた。

アシㇼパよりも一回りほど幼く、目は爛々《らんらん》と輝いている。杉元が出会った他の子供達と同様、その少女も杉元をじろじろと見ていた。

「その子は私の従妹《いとこ》だ。和人の言葉も話せる」

意思疎通を図る手段に窮していたので、それは助かる情報だ。

「俺は杉元ってんだ。お嬢ちゃんは」

「あたし、オソマ」

「うんこじゃねえか。ばかにしやがって」

アシㇼパから聞いていなければ「そっかあ」と素直に納得していたが、生憎オソマに関しては既に予習が完了している。少なくとも子供にうんこと名付ける親は、和人であろうがアイヌであろうが存在しないだろう。

「本当だ。その子はオソマと呼ばれている」

しかし、アシㇼパは衝撃の事実を杉元へと告げた。

「え!?」

「私達は小さい時には、病魔が近寄らないように誰でも「シオンタㇰ」とか「テイネシ」といった汚い名前で呼ぶんだ。それからちゃんとした名前をつける。でもオソマは体が弱かったから、本名もオソマと名付けられた。おかげで今はとっても元気だ」

オソマと呼ばれた少女は、杉元の周りを元気よく歩き回っている。確かに今の彼女には病弱とは無縁のようだ。流石の病魔もうんこには近づきたくないらしい。

「アシㇼパさんも小さい時は、そのシオン……なんとかって呼ばれてたの?」

「シオンタㇰだ」

何度目かわからないが、やはり言葉だけ聞いても意味はわかりそうにない。

「どういう意味?」

「うんこの腐った固まり」

「うんこばっかり」

そんな軽やかな会話を続けながら、杉元達は囲炉裏《いろり》にて暖を取る。囲炉裏の火は体の内側から静かに暖められる心地がして、不思議と瞼が重くなる。

「アシㇼパ《アシㇼパは》　エキムネ　パテㇰ　キ　ワ《山に入ってばかりで、》　メノコ　モンライケ　エアイカㇷ゚《仕事ができない》」

杉元が微睡んでいた中で、フチが糸縒《よ》りをしながら杉元に語りかけた。

「スギモト　ニシパ《杉元の旦那、》　タン《この》　マッカチ《女の子を》　エトゥン《嫁に貰って》　ワ　エンコレ《くれ》」

杉元と聞こえたので、自分に関する何かではあるのだろう。しかしそれ以上はさっぱりわからない。こうなるとアシㇼパに聞くしかない。

「お婆《ばあ》ちゃん、なんて言ったの？」

しかし、なぜかアシㇼパは微妙な表情で頬を赤らめた。

「……うんこ食べちゃ、駄目だって」

何と、フチでさえ味噌の事をオソマと思ってしまっているのか。

というより村に着いてから今まで彼女に味噌など見せた覚えはないのに、どうしてフチはアシㇼパとのこれまでのやり取りを知っているのだろうか。

色々と解せない杉元であったが、アシㇼパは顔を赤らめたまま、それ以上多くを語ろうとしない。あれほど開けっぴろげにうんこうんこと言っていた子が不思議なものだ。

気にはなったものの、空腹には人は勝てない。杉元の些細《ささい》な疑問は、鍋が出来上がった頃にはすっかり意識の隅へと追いやられていた。

アシㇼパが鍋のふたを取ると、それはそれは美味しそうな匂いが部屋の中に充満する。

「カワウソのオハウだ」

アシㇼパはお椀《わん》に鍋の具を取り分け始める。

「私達はカワウソをエサマンと呼んでいる。エサマンは物忘れの激しいカムイだから出かける前に食べる時は支度を整えてから食べなさいと言われている。一緒に煮込んでいるプクサは肉の臭みを消してくれる」

プクサというのは行者《ぎょうじゃ》にんにくの事だ。言われてみると確かに肉とは違った匂いが鍋から漂ってくる。

「ヒンナヒンナ」

と、フチはふと肉を箸《はし》でつまむと、自身の首の後ろへと回した。

「なにやってんの？」

恐らくはアイヌに伝わる儀式か何かだろうが、どういった意味があるのだろうか。

杉元が疑問でいると、いつものようにアシㇼパが口を開く。

「首の後ろにいる自分の守り神にお供えしてる。トゥレンペといって、人間は誰でも生まれた瞬間に守り神が憑《つ》くと考えられている」

アシㇼパの説明になるほど、と杉元は納得した。

自分達で言うところの守護霊みたいなものだろうか。神にお供え物をするという点は変わらないが、方法は異なるらしい。

だが、ここで一つ疑問が浮かぶ。

「アシㇼパさんがやってるところ見た事ないけど」

「この村じゃ、年寄りしかやってないし」

尋ねると、アシㇼパは何て事のないように言った。

「まったく最近の若い奴は」

お供え物をする事も一緒だが、若い世代が抱く価値観も意外と似たところはあるようだ。

せめて自分は郷に従おうと、杉元はフチと同じように箸を後ろへと回した。

さて、ここからはいよいよ実食だ。

「うまそう。いただきます」

先程から腹が減って仕方なかった。待ちきれないとばかりに、カワウソの肉を口に入れる。すると瞬《またた》く間に濃厚な肉汁が口の中に広がった。

「うん、確かにクセはあるが、脂《あぶら》身がトロトロで上品な味だ」

そのクセに関しても、行者にんにくのおかげでそこまで気にならない。肉自体も柔らかくてしつこさもなく、どちらかといえば好きな部類だ。

杉元が舌鼓《したつづみ》を打っていると、アシ𛅥パはにこりと菩薩《ぼさつ》のような笑みを杉元に向けた。

「もっと美味しい部分がある」

何と。これよりも美味しい肉があるのか。杉元は目を輝かせながら続きを待った。

「カワウソの頭の丸ごと煮だ」

しかし現れたのは杉元の想像もしなかった逸品、いや珍品だった。

カワウソの頭の丸ごと煮。

文字通りそのままな料理であるが、見た目に反して非常に美味であるようで、蝦夷では頻繁《ひんぱん》に食べられていた記録が残されている。

「杉元はお客さんだから食べていいぞ」

アシ𛅥パの発言から厚意によるものだとは思うが、いかんせん外見が外見だ。しかも可愛らしい元のカワウソとは違い、皮を剝いだ頭部がそのままむき出しになっている。

「……」

躊躇うが、差し出された手前、無下《むげ》にするのは杉元としても本意ではない。ひとまず杉元はカワウソの頭にかじりつこうと覚悟を決めた、が。

「…………」

いや、本当にこれ、どうやって食えばいいのか。

「……これも味噌入れたら絶対合うんじゃねえの？」

食べる事を諦めた杉元は、苦し紛れに手元から味噌を取り出す。しかしアシㇼパは杉元がカワウソの頭に向けた何倍もの嫌悪を味噌へと向けた。

「ふざけるなよ杉元。うんこを出すな」

うむ、どうやらアシㇼパの誤解を解くのは難しいらしい。アシㇼパはもうこんな様子なので厳しいが、まだフチなら理解してくれるはずだ。

「お婆ちゃん。これが味噌ですよ」

杉元は戦う相手を変えて、フチへと味噌が入った容器を差し出した。案の定フチは杉元から味噌を受け取ると、箸で取って首の後ろに回す。

どうやら食べ物とは認定してもらえたようだが、今度はアシㇼパが激昂した。

「憑き神様にうんこを供えさせやがって！」

アシㇼパは何か棒のようなものを取り出したかと思うと、杉元へと突きつけた。

「うんこじゃねえ……ん、なに、この棒！」

素材は木材のようだ。団子状のものがいくつも連なっており、不思議な見た目になっている。全く用途が想像できない形だが、いったいこれは何なのか。

「制裁棒《ストゥ》だ。窃盗《せっとう》や殺人など悪い行いがあった時、制裁に使う」

そして思ったより物騒な用途だった。

というより今の杉元の行動は、窃盗や殺人に匹敵するものだと思われているのか。確かに鍋にうんこを入れたと思われたなら、無理はない気はするが。

戦々恐々とする杉元を、フチはただ静かに笑って見ていた。

＊＊＊

このところ、第七師団《だいしちしだん》や囚人やヒグマの相手で忙しかったからか。

久しぶりに杉元は、穏やかで緩やかな時間をコタンで過ごしていた。

灯明台と囲炉裏の光だけが世界に彩りを与えている中、室内はとても静かだ。賑やかな食事の後ともあり、浮遊感にも似た眠気が杉元に押し寄せる。

既にアシㇼパと、従妹のオソマは横になって寝息を立てている。今この場で起きているのは縫い物をしているフチと杉元だけだ。

「このまま旅を続けるのか？」

杉元がアシㇼパの寝顔を見守っていると、ふいに背後から声が聞こえた。

声は、勿論フチではなかった。そもそもフチは日本語を話せない。杉元はすぐに部屋の入口に顔を向ける。

アイヌの装束に身を包んだ、髭面の男性だった。

どことなく顔立ちにアシㇼパの面影がある。彼女の親近者には違いないだろうが、話を聞く限りはアシㇼパに父親はいない。どういった関係性なのだろうか。

「アシㇼパさんから聞いたのか？」

すると、髭面の男性は杉元の前へと座った。

「アシㇼパの大叔父だ」

大叔父を名乗ったその男性は、キセルに火を着けて煙を吸い始める。

「アシㇼパがなつくんだ。あんたは悪い奴じゃないのだろう」

大叔父は日本語を上手に扱いながら、煙と言葉を交互に吐く。彼も他のアイヌと同じだ。自分に対して敵意を向ける事なく、自然体で杉元に接している。

「だが、金塊《きんかい》探しには反対だ」

ただ、本題はここからのようだった。

大叔父は再び肺の中を煙で満たし、また吐き出す。

「あの金塊は、我々の先祖が集めたもので、何十年もずっと触れられずにいたものだったのだ。あの砂金は、魔物が憑き呪われたものだったのだ」

そんなものを追いかけるのは、やめた方がいい。

大叔父は杉元を諫《いさ》めるのではなく、寧ろ諭すように言った。

無理もない。何せこの争奪戦は危険が多すぎる。

手がかりを探し始めてから、自分はいったい何度死にかけただろうか。いや、自分だけならまだしも何度周囲を危険な目に遭わせただろうか。

そんなものに肉親が関わっているとなると、止めるのが普通だ。

杉元が言い返せないでいると、遠くから何か獣のような遠吠えが聞こえた。

犬よりも太く、長い遠吠えだ。とたんに大叔父は意識を杉元から外へと移す。

「狼の遠吠えだ」

杉元はこれまでアシㇼパといる時に、何度か似たような獣を目にしていた事を思い出す。

この遠吠えもあの狼によるものなのだろうか。

「白い狼がアシㇼパさんを守るのを見た」

「あの狼は、アシㇼパと父親がヒグマに襲われているのを見つけて拾ってきた」

やはり、あの白い狼とアシㇼパには深い縁があるようだ。あの狼がアシㇼパを守っている姿には、種族を超えた絆《きずな》のようなものがあった。

「白い、という意味でレタㇻと名付けた。父親が殺された後も、アシㇼパはレタㇻと山へ行った。だが二人は生きる世界が違ったのだ」


それは、いつものようにアシㇼパがレタㇻと仮眠を取っていた時だったという。

その日も今日のように、狼の遠吠えが風に乗ってアシㇼパ達に届いた。

「……遠吠えだ」

起きたのは、アシㇼパだけではなかった。まるで声に呼び起こされるようにレタㇻも目を覚まし、耳を立てて周囲を窺う。

しかし、レタㇻの様子はアシㇼパとはまるで違っていた。遠吠えを聞いたレタㇻは耳と鼻に神経を集中させ、しきりに首を振って周囲を観察している。

アシㇼパは、レタㇻの目に期待が宿っている事を見逃さなかった。

「ダメだ！　聴いちゃダメッ！」

恐らく、この遠吠えの主はレタㇻと同じ、狼によるものなのだろう。

狼の遠吠えには色々な意味が込められているという。縄張りの主張であったり、狩りの開始の合図であったりと様々だが、一説には仲間を探すためとの理由もあるという。

恐らくレタㇻは呼ばれている。そしてレタㇻは獣の本能でそれに抗《あらが》えない。

アシリパは思わずレタラの耳を防ごうとするが、レタラはアシリパに優しく頬ずりする事でそれを拒絶した。

「待て！　止まれ！　小屋に戻れ！　レタラ！」

必死に呼びかけるが、レタラは遠吠えをしながら走り去っていく。その背中がどんどんと小さくなっていく。

「レタラ！　行くな！　お前も私を一人にするのか！」

これまでずっと一緒に時間を共にしてきていた。家族だと思っていた。しかしアシリパは人間であり、レタラは狼だ。そこには決して埋まらない溝がある。

レタラは飼い犬にはなれない。誇り高いホロケウカムイなのだ。

「行かないで、レタラ。……アチャ」

アシリパの声も空しく、レタラはやがて森の闇へと消えていった。

その場に蹲りながら、アシリパはぽろぽろと地面に涙を落とす。だがアシリパの悲しみを受け止める者は、その場には誰もいなかった。

レタラはその後険しき自然の中で。アシリパは変わらずコタンでと。互いに森で会う事はあったとしても、共に暮らす事はない。

それが、レタラとアシリパの過去であり今だと、そう大叔父は言った。

「……」

大叔父が話し終わった時には、キセルの煙はとっくに消えていた。

その間、杉元はずっと静かに大叔父の話を聞いていた。

父に去られ、ずっと共にいた相棒にも去られた。おまけに母親は既に亡くなっている。

アシリパの人生は別れの連続だ。彼女が大人びて見えるのは、常にこのような喪失を繰り返しているからかもしれない。

だとすると、それはとても悲しい理由だ。

「杉元さんといるとアシリパは笑顔を見せる。あんたのおかげだ」

言葉を失っていると、大叔父はオソマを抱いて立ち去った。

ふと気になった杉元は、すやすやと寝息を立てているアシリパを見る。すると今は穏やかな表情で眠っていたので安心した。せめて夢だけでは彼女に幸せにいてほしい。

「スギモト　ニシパ」

半ば祈るように杉元が彼女の寝顔を見守っていると、ふいにフチが杉元の手を握る。

「スギモト　ニシパ。アシリパ　アナクネ　クエヤム　ペ　ネ、ネイタ　パクノ　トゥラノ　アン　ワ　ウンコレ　ヤン」

相変わらず杉元には、彼女が何を言っているかはわからない。おまけに今は言葉を教えてくれるアシ リパも寝てしまっている。

「わかったよ、お婆ちゃん」

だが、このコタンで暮らす人々の彼女に対する接し方が、既に意味を伝えていた。記号的に言葉の意味をなぞる事は無粋だろう。なので杉元もフチの手を握り返し言う。

「アシ リパさんはお婆ちゃんに愛されてるんだな。村のみんなにも」

外の吹雪が強くなってきた。

風の音が部屋の中にまで聞こえてくる。恐らく今は狼の遠吠えさえ聞こえないだろう。

既に夜も深く、フチは縫い物の作業を終えて眠ってしまっていた。

起きているのは杉元だけだ。話す相手がいない事もあり、思考はどんどん内へと向かう。

脳裏に浮かぶのは、このコタンで暮らす人々の笑顔だ。

ここには、アシ リパの事を大切に思う人々が沢山いる。オソマもフチも大叔父もそうであるし、何より自分だってそうだ。皆が皆、アシ リパの幸せを願っている。

だからこそ、杉元はずっと悩んでいた。果たして自分と一緒にいる延長線上に、彼女が幸せになる未来が存在するのだろうか、と。

コタンの子供達と共に、無邪気に笑いながら遊ぶアシ リパ。

銃剣を振りかざし、ロシア兵を殺しまくる自分。

こんな血に染まった手の自分が、彼女の隣に並ぶ資格があるのだろうか。

「……」

自問自答していたが、答えは既に出ていた。

杉元は覚悟を決めると、静かに荷物をまとめ始める。

自分がこれから歩く道には、いくつもの死が待ち受ける。それは第七師団の誰かかもしれないし、囚人の誰かかもしれない。もしくは杉元か、アシㇼパであるかもしれない。

だから、彼女をそこに誘うわけにはいかない。失うものは自分の命だけでいい。

アシㇼパにはずっと幸せにいてほしい、と杉元は静かにその場所を後にする。

アシㇼパの目が覚めた時には、既に杉元の姿はそこにはなかった。

＊＊＊

昨日から、夕暮れにかけて吹雪《ふぶ》く事が多くなっていた。

吹雪の森の中というのは、視界が極端に遮《さえぎ》られる。雪山での遭難の大多数は吹雪により、方角を見失った事からくるものだ。

第七師団は消息を絶った四人の捜索を続けていたが、もれなくその吹雪の影響によって、捜索は難航していた。

そんな中で、その男は傲然《ごうぜん》とした態度で佇《たたず》んでいた。

体全身から滲み出る異様な空気は健在だ。少し離れていても一人だけ輪郭《りんかく》がはっきりしているように見える。

異様なのは纏う空気だけではない。外見もそうだ。整った顔をしている一方で、頭部を覆う額あてが目を引く。

おまけに接触する部分の肌は焼けただれ、赤く変色していた。

「鶴見《つるみ》中尉殿、この雪ではこれ以上の捜索は困難です」

鶴見と呼ばれた男に、部下の一人が口元を震わせながら報告した。

兵士の言う通り、吹雪の厄介《やっかい》なところは視界だけでなく、寒さにもある。

一般的に風速が1m/秒上がると、体感温度は1℃下がるとも言われている。この状況下では長居は危険だ。そもそもここまで吹雪いていると、痕跡《こんせき》があったとしても雪の中に埋もれているだろう。

ただ、鶴見にはどうしても解せない事があった。

「四人とも山に慣れない者ではなかったはずだ。谷垣においては阿仁《あに》マタギの生まれだ。

遭難したとは考えにくい」

そもそも、吹雪が強くなったのは昨日からだ。

だが谷垣達が散策に出ていたのは二日前。時系列がかみ合わない。これは恐らく自然災害ではない。何か想定外の事が四人に起きたに違いない。

鶴見がそう推測していると、吹雪の音に混ざって馬の足音が聞こえてきた。

「鶴見中尉！」

吹雪を割って入ってきたのは、馬に乗った鶴見の上司、和田大尉《わだ》だった。

和田大尉はもう一人の部下を連れ、激昂した様子で鶴見へと歩み寄る。

「貴様、私の部下達を勝手に小樽まで引き連れて、どういうつもりだ！」

「これはこれは和田大尉」

「一名は重体。四名が行方知れず。いったい小樽でなにをしているのだ？」

ただではすまされんぞ、鶴見！　と和田はかなり憤っている。

確かに和田の言う通り、これは全て鶴見の独断専行だ。おまけに鶴見は旭川から武器弾薬も無断で持ち出していた。和田の怒りも無理はないだろう。

和田はまだ何か言おうとしたものの、どろりと鶴見の額あてから液体がこぼれ落ちた事で押し黙った。だが鶴見は特に気にする事なく、手元のハンカチで液体を拭《ぬぐ》う。

「失礼。奉天で砲弾の破片が頭蓋骨を吹き飛ばしまして」

たまに漏れ出すのですよ、変な汁が、と鶴見は半ば他人事のように言った。

しかし、当たり前ではあるが和田の怒りは収まらない。

「……そもそも、そんな怪我で今後も中尉が務まるか。鶴見！」

和田は鶴見を指さしながら、唾を吐きかける勢いで詰め寄った。

「貴様が陸軍に戻る場所はもはやないと思え！」

返事の代わりに、鶴見は突き出された和田の指を嚙む事で答えた。

「ぐおおおおお！」

和田の悲鳴にも動じる事なく、鶴見は指を嚙み続ける。人間の歯とは丈夫なものだ。皮膚や肉はともかく、肉の中にある骨でさえ力を入れれば容易に分断できる。

ぽう！　と鶴見は嚙みちぎった指を和田に向けて吐き出す。

痛みと驚きのあまり瞳孔が開く和田に対し、鶴見は涼しい顔で軍帽を被り直していた。

「前頭葉《ぜんとうよう》も少し損傷して、それ以来カッとなりやすくなりましてね。ただ、それ以外はいたって健康です」

「……正気ではないな」

和田は指を押さえつつ、連れてきた部下へと命じた。

「月島《つきしま》軍曹、撃てっ！」

「はい」

ドン！　と。

弾丸は鶴見——ではなく、和田の頭部を貫いた。

恐らく和田自身も、死ぬ直前まで何が起きたかわかっていなかっただろう。

いや、ひょっとすれば撃たれたという事実にさえ気づかず逝《い》った可能性すらある。それほど唐突かつ呆気ない一撃だった。

和田が事切れたのを見届けた後、鶴見は和田の死体から目を切る。

「服を脱がせて埋めておけ、月島」

「はい」

「春には綺麗な草花の養分になれる。戦友達は今でも満州《まんしゅう》の荒れた冷たい石の下だ」

もう今の鶴見には、先程和田が言ったような狂人めいた様子はない。

鶴見は兵士達と共に吹雪の先を睨む。

ここではない、どこか遠くを黙って見据えていた。

白石由竹は今を謳歌《おうか》していた。

＊＊＊

小樽の私娼窟街を、半ば弾むように歩いていく。あの極寒の雪山から生還したのもあるのだろう。白石はとてもリラックスして遊女達を品定めしていた。

元より、彼はそこまで金塊争奪に興味はなかったようだ。

危険な目に遭うくらいならば、こうやって遊女の尻を追っかけている方がいい。

自由に生きて、振る舞ってこそ脱獄王だろう。

その信念を元に、やがて白石は一つの茶屋の前で立ち止まった。

「ここ、ここ！」

自分の目と鼻が告げている。ここは他の茶屋とまるで雰囲気が違う。

外観は他の茶屋と似たり寄ったりだが、直感で白石は理解した。中にはさぞ上等な遊女がいるに違いない、と。

となると、思い立ったが吉日だ。白石は目を輝かせて入ろうとした。

だからこそだろう。

中からぬるっと牛山が現れた時、白石は心の底から驚いた。

「お客さん、遊んでかない？」

「牛山……っ！」

白石の喉が自ずと干上がる。

不敗の牛山。

絶対無敵の柔道家であり、これまでに数々の武道家を再起不能に追いやった怪物。刺青の脱獄囚の中でも最強と謳《うた》われる一人だ。

最初は人違いだと願いたかった白石だったが、こんな異様な大男がそう何人もいるはずがないだろう。牛山は相変わらず上等な背丈をしていたが、そういう上等さは求めてはいない。

「久しぶりだな、白石由竹」

極めつけに、自分の名前を呼びながら上着を掴んできた。

もうこれは牛山で間違いない。白石は上着から体を抜いて、一目散に逃げ出した。

「いやぁぁぁ！」

「何で逃げるんだい、白石ぃ」

牛山はどすどすと、足音を鳴らしながら白石を追ってくる。おまけにこの男、これほどの巨体であるのに想像以上に足が速い。威圧感だけで言えば、ヒグマに追いかけられるよりも上かもしれないと思った。

このままだとすぐに追いつかれる。

顔面蒼白の白石だったが、更なる試練が訪れる。

細い路地から大通りに飛び出した先、白石は軍帽を被った集団を目にしたのだった。

「わあああっ！」

しかもただの軍人ではない。肩の連隊番号の表記は27番、第七師団だ。

恐らく金塊の手がかりを探しているのだろう。全員が全員銃を手にしている。

しかしこの状況で第七師団とは。本当に今日はついていない。

思わず声が出る白石に、兵士達はぴくりと警戒を露にする。

「何かあやしいな、こいつ」

「おい、こいつ」

やばい、何か気づかれそうな雰囲気だ。

そもそもこのままじっとしていても、背後の猛牛に蹴散らされるだけだ。迷いに迷った白石は、猛牛退治を第七師団に頼む事に決める。

「うわぁ助けてくれ！」あえて白石はわざとらしく大きな声を出した。「銭湯で、銭湯でいちゃもんをつけられたんだ。『変な刺青』をした不気味な男に追われてるんだ！」

「刺青？」

案の定、兵士達は「刺青」という言葉に過敏に反応して銃を構える。遅れて牛山が都合よく兵士達の前へと現れた。

だが数の利は既にこちらにある。ここからは全員で牛退治だ。

「あいつだっ！」

白石が指さすと、兵士達はすかさず牛山へと銃を構えた。

「止まれ！」

あろうことか牛山は、兵士達の警告を無視して銃口の正面へ突っ込んでいく。これには白石も面食らった。いくら猛獣であろうと銃に勝てるわけがないのに、血迷ったか。

驚いたが、ともかくこんな物騒な所からは逃げ出すが先だ。

恐る恐るその場を後にしようとすると、背後から発砲音がする。

「……っ？」

まさかもう決着したのか。せめてもう少し牛山には粘ってほしいところだが。

そう願いながら走る白石の前に、兵隊が飛んできた。

比喩《ひゆ》ではない。本当に兵士が飛んできた。最初は上から降ってきたのかと思ったが違う。そもそも空から人間が降ってくるはずがない。

「わぁぁあ！」

牛山が投げたのだ。人間を、まるで紙細工でも投げるかのように。

何という怪力。何という膂力。人間離れにしてもほどがある。

白石は絶叫しながら兵士を盾にして逃げ惑うが、牛山は全く止まる様子がない。あろうことか再び近くの兵士を摑んでこちらに投げようとした。

「あああぁ！」

死ぬ。このままだと殺される。白石が絶叫しながら逃げ惑っていると、今度は遠くから爆発音が聞こえた。何だ何だ。いったい次から次へと何が起きているのか。

「手投げ弾だ。待ち伏せか？」

第七師団の兵士が困惑している様子から、彼らによるものではないようだ。牛山によるものでもないだろう。奴ならばあんなもの使わずとも素手で充分だ。

「あの男だ！」

白石が地面を這いながら右往左往していると、兵士達が声を張り上げた。

爆弾を投げたのは、牛山でも第七師団でもない、洋装を身に纏った男だった。囚人にしては身なりがきちんとしているが、身のこなしから一般人ではない事は確かだ。

その後もこちらに発砲を続ける男に、第七師団の兵士達も負けじと撃ち返す。……主に白石の頭上の上で。

「わあああああ！」

牛山に第七師団、そして極めつけは謎の男ときた。もうこりごりだ。ドンパチなら是非《ぜひ》余所でやってほしい。少なくとも人の頭の上でするものではないだろう。

弾丸が飛び交う中、白石は路地裏へと逃げた。

しかし、白石の不運は終わらない。

動揺も露に怯《おび》えていた白石の前に、ぽとりと何かが落ちるのが見える。

最初は訝しんだがすぐにわかった。爆弾だ。爆弾が目の前に落ちてきた。

「わあ！」

自分はただ遊女と楽しい一時を過ごそうとしただけだ。なのになぜこうなるのか。

ボン！　と。

泣きそうになりながら全速力で走り出す白石の体を、爆風がさらっていった。

――ああ、今日は本当に最悪な一日だ。

＊＊＊

鶴見中尉は、馬で騒ぎの現場へと向かっていた。

「刺青の男がいたという報告が！」

月島軍曹が緊迫した面持ちで鶴見の横へと並ぶ。

情報の通り、やはり小樽に刺青の囚人が集まっているのは間違いないようだ。

その理由は定かでないにせよ、この機会を逃すわけにはいかない。

「兵を集めろ」

鶴見が指示していると、遠くから爆発音のようなものが聞こえてきた。

刺青の男が暴れているのかと思ったが、音の位置からして方角が違う気もする。

少し引っかかりがあったものの、刺青の方が優先度は高い。鶴見は部下に誘導され報告を受けた場所へと辿り着いた。

現場には、見慣れない男の死体があった。

「一名射殺。逃走した二名は追跡中です」

この死体が、刺青の男なのだろうか。色々と触って確かめたが、特に刺青らしきものは見当たらない。であればこの男は何者で、逃げた者達とどう関係があるのか。

「鶴見中尉殿」

鶴見が思考を張り巡らしていると、月島がこちらに近づいてくる。

「先ほど遠くから聞こえた爆発音は、堺《さかい》町通り付近の女郎屋《じょろうや》の二階だそうです」

女郎屋の二階だと？　そんな場所でなぜ爆発が起きるというのか。

というよりそんな場所を爆破して何になるというのか。

敵の目的が読めないと思っていたが、重要なのは女郎屋ではない事に気づく。真に意味があるのはその前、堺町通りで起きた爆発という事実だ。

「金融街。なるほど、こっちの騒ぎは陽動作戦。狙いは銀行か」

そんな鶴見の読みは的中した。

爆発があった女郎屋に足を運ぶと、建物の隣にはやはり銀行があった。

双方の建物の間には、人一人が通れるかどうかの僅かな隙間しかない。この距離で爆発が起きたとすれば、まず隣の壁にも被害は及ぶだろう。

いくら金庫の扉が頑丈だとしても、壁自体はただの煉瓦《れんが》造りだ。衝撃には弱い。

鶴見は銀行員に案内されるままに金庫の扉を開ける。すると案の定、金庫の部屋の壁は爆発で吹き飛んでいた。ご丁寧に吹き飛んだ穴からは隣の建物の部屋まで見える。

間違いなく犯人は、隣の部屋からこの金庫に侵入したのだろう。しかしただの金庫破りにしては仕掛けが大がかりだ。金を盗み出すだけにしてはリスクが大きすぎる。

「ここまで用意周到に計画して、何が欲しかった?」

疑問を吐露すると、銀行員はおろおろと周囲を見渡し始めた。

「ここにあったのは現金は勿論、有価証券、宝石類です。他には当銀行が所有する絵画や刀などの美術品が……」

言い終わる前に、鶴見はある単語に反応する。

「カタナ?」

「和泉守兼定《いずみのかみかねさだ》です」

和泉守兼定といえば、十一代目兼定により作られた名刀、江戸時代の業物だ。箱館戦争以降どこかに保管されたとは聞いたが、まさかここにあったとは。

しかし、既に戦争での花形が刀から銃に入れ替わった昨今、そんなものを欲しがる者など余程の好き者か、或いは――。

鶴見が答え合わせをするまでもなく、表の通りから馬がいななく声がした。

「……っ!」

反射的に鶴見は飛び出し、銀行の窓から声が聞こえた方角を見る。

すると視線の先、馬に乗った老人が刀を上空へと突き上げていた。絹のような白い長髪が遠くからでも目を惹《ひ》く。全身から醸《かも》し出す空気は刀の切っ先のような危うさがあった。

「――時を越え、我が元に」

その刀の持ち主は、鶴見の視線に気づくや否や、にやりと口角を曲げた。対して鶴見も歪《いびつ》に口元を緩めて銃を構える。まさかこんな所にいたとは、いや、生きているとは。

「土方歳三っ！」

鶴見が放った弾丸は、土方の帽子を吹き飛ばすだけにとどまった。当の土方も打ち返すが鶴見の命を奪うには至らない。

土方はここで決着をつけるつもりはなかったようだ。そのまま鶴見から目を切ると、馬に跨《またが》りながら通りを駆けていく。鶴見が銀行の表に飛び出した頃には、その背中は既に小さくなっていた。

鶴見は土方が落とした帽子を拾い上げると、そのまま自らの頭に乗せる。

「幕末の亡霊め」

もしくはこの世に恨みを残した悪霊か。厄介な相手が盤上《ばんじょう》に上がってきたものである。

言葉とは裏腹に、鶴見はどこか嬉しそうに土方の後ろ姿を眺めていた。

＊＊＊

境町通りが騒がしくなる中、杉元は蕎麦屋で蕎麦を手繰《たぐ》っていた。

食べているのはニシン蕎麦だ。明治時代には小樽の発展にニシンが関わるほどニシン漁が盛んであり、当時の小樽新聞には様々なニシンの調理法が紹介されていたほどだ。

ニシン蕎麦の元祖は京都であるため関西風の薄口かと思いきや、小樽の蕎麦文化では関東風の濃い口が主流であり、杉元の口にも合う。

ニシン自体も食べるとほろほろと崩れ、しっかり身にも味が染みていた。

これはヒンナだと杉元はご満悦だったが、ふとその手が止まる。

背後から異様な気配を感じ取ったからだ。

気配は二つだった。ただ質の部分では両者は近しいものを感じさせる。それもそのはず、店に入ってきたその二人の出で立ちは、鏡に映したかのようにそっくりだったのだ。

第七師団・二階堂浩平《にかいどうこうへい》。

同じく第七師団・二階堂洋平《ようへい》。

うり二つの双子の兄弟は、骨張った顔を周囲へと向けた。

「どの男だ？　刺青の事を探ってる奴は」

「軍帽の兄ちゃんだよ」

と女店主は奥を指さす。どうやら女店主と第七師団は既に繋がっていたようだ。なりふり構わず手がかりを聞きまくっていたが、もう少し慎重になるべきだった。

浩平と洋平は、まだ杉元が気づいていないとばかりにゆっくりと杉元に這い寄る。だがそれほど殺気を振りまいていては、背を向けていようとも見ているようなものだ。

杉元は彼らが自らに襲いかかる前に、置いていた箸置きを投げつけ虚《きょ》を突いた。たまらず怯《ひる》んだ隙に跳び蹴りして、その勢いのまま外へと飛び出す。不意打ちとしては見本のような一撃。だが、生憎と敵は二人だけではなかった。

杉元が表に飛び出すや否や、外で待機していた兵士が杉元へと銃床《じゅうしょう》で殴りかかってきた。杉元は力を利用して投げ返すも、すぐに銃を持った兵士達に囲い込まれてしまう。

「動くな！」

正に万事休す。いくら杉元でも、こうなってはどうしようもない。

観念した杉元を、洋平が銃で殴って跪《ひざまず》かせた。よほど先の一撃が癪《しやく》に障《さわ》ったのだろう。ありありと怒気を孕みながら、何度も杉元目掛け銃を打ち付ける。

ただ杉元に殺意を向けたのは、洋平だけではなかった。

こういう部分も双子なのか、浩平もはっきりと杉元に殺意を示す。

ただ浩平に至っては銃口を杉元へと向けて、本来の使い方を実行しようとした。

「殺そう、殺そう」

「……」

このままだと間違いなく、死ぬ。

死の淵に片足どころか指一本でぶら下がっている状態だったが、杉元の顔に怯えや動揺はない。自分は不死身の杉元だ。逆に言えば、そう呼ばれるようになるほど様々な死線をくぐり抜けてきた。今日も死神は杉元の横を通り過ぎていく。そう確信している。

そんな杉元の予感は的中した。だが決してそれは楽観的な意味ではない。

浩平が引き金を引く前に、違う所から銃声が聞こえた。

見ると通りの正面、兵士達の視線を一手に集めながら軍服の男がこちらに歩いてくる。

不思議な事に、男は頭部に甲冑《かっちゅう》のような額あてをしていた。

額あての周りには火傷《やけど》のような痕《あと》がある。戦争によるものかと推測されるが、そのような事が些事《さじ》と思えるほど纏っている空気と目が尋常ではない。

気配でわかる。こいつが第七師団の親玉だ。

杉元が静かにその男を見ていると、鶴見はにやりと愉悦《ゆえつ》たっぷりに杉元を見下ろす。

「お前の寿命のロウソクは、私がいつでも吹き消せるぞ」

「……」

杉元は返事の代わりに、口の中に溜まった血を吐き出す。

まさか死神が通り過ぎたかと思えば、今度は死神そっくりな人間が現れるとは。

なまじ人間の方が質《たち》が悪そうだ、と杉元は自らの不運を嘆いた。

＊＊＊

「小樽の花園《はなぞの》公園名物の串《くし》団子だ」

そう言って、鶴見は杉元へと団子を差し出した。

「いただきます」

武器を持った兵士に睨まれながらも、杉元は平然と団子を手に取り食べ始める。

観察するに、ここは第七師団の拠点らしい。周囲に窓もない事から具体的な位置は摑めないものの、さほど移動してはいないので小樽のどこかなのは間違いない。

更に部屋の立て付けから、軍の施設ではない事はわかる。第七師団の中でもこの場所の存在を知っているのは一部の人間に限られているのだろう。

「……『ふじみ』『ふじみ』『ふ、じ、み』」

杉元が色々と状況を整理していたところで、鶴見は持っていた団子の串で何やら机に文字を描き始める。

「尾形上等兵をやったのはお前だな？　杉元」

場の空気がひりつく。浩平と洋平が銃口を杉元に向けて脅してくるが、杉元はあまり動揺はしなかった。何なら澄ました表情で団子を頬張る始末だ。

「人違いだ。俺は杉元なんて名前じゃねえ」

「一度だけ不死身の杉元を旅順で見かけた。鬼神のごとき戦いぶりに目を奪われた。あのとき見たのはお前だ」

「俺は第二師団だ。旅順には行ってない」

「変わった刺青の男を探していたそうじゃないか」

どうやら話を聞くつもりはないようだ。それは自分もではあるが。

「ヤクザの男な。クマの刺青なんだってよ」

毒にも薬にもならない戯《ざ》れ言《ごと》を吐き合う。お互いに緊張感のないやり取りだったので、銃口に囲まれているこの状況がいっそう浮いて見えた。

やがて鶴見は団子を食べ終わると、竹串を指で回して遊び始める。

「なぜ尾形上等兵は、不死身の杉元に接触したのか……ひょっとして、お前が刺青の暗号を持っていたからではないのかな」

「暗号？」

正解。見たところこの人物、情報将校といったところか。

余計な事を言えば、そこからつけ込まれそうだ。何より自分の迂闊な発言からアシㇼパに辿り着かれるのだけは避けたい。

「刺青人皮《いれずみにんぴ》をどこに隠した？」

だから、それだけは言えるはずがない。そもそも刺青自体、ヒグマにやられた兵士達から奪い取った装備と一緒に隠してしまった。場所など言えるはずもない。

「お前達の大将は、アタマ大丈夫なのか？」

とぼけると、鶴見は陽気な表情で頭部の額あてを小突いた。

「脳が少し砲弾で吹き飛んでおる。ハハハ」

これは一本取られた。対して面白くはなかったが。

「はははは」

杉元が乾いた笑い声を上げていると、鶴見も同じように「くくく」と目を細めて、持っていた竹串を、杉元の頬へと思い切り突き刺した。

竹串は、杉元の左の頬から右の頬を貫通していた。常人であれば泣き叫ぶ出来事のように思われるが、杉元は常人ではなかった。

「……」

杉元は一切悲鳴を上げる事なく、ただ静かに鶴見を睨んでいたのだった。

「さすが不死身の杉元。瞬《まばた》き一つしておらん」

しかし、それが結果的に敵に確信を与える契機となったようだ。

鶴見は先程の笑顔とは別人のように真顔に戻ると、改めて杉元へと向き直った。

「生き延びる方法が一つだけある。私の下につく事だ」

「あんたら何をする気だ？」

「まずは軍資金だ。次に第七師団をのっとり、北海道を制圧。資源開発を加速させる。アヘンを知ってるか？　儲《もう》かるぞ。森を切り開き芥子《けし》を植える。戦争で父親を亡くした子供、働き手の息子を失った親、夫を亡くした妻達に安定した仕事を与える」

それが、死んでいった戦友達へのせめてもの餞《はなむけ》だ。

鶴見はまるで謳うように杉元に説明する。一字一句まるで淀《よど》みない。いや、寧ろ淀みがなさすぎると言っていいだろう。

「そしてゆくゆくは軍事政権を作る。無能な大本営の命令に従いマキシム機関銃の雨の中、仲間を盾にして正面突破させられたのは貴様も同じだろう。戦場で命を懸けて戦ったのに、故郷へ帰れば放浪生活。何か報《むく》われたか？　我々の戦争はまだ終わっていない」

　鶴見は杉元の奥底へと語りかけてくるように言った。

　なるほど、この鶴見という男、なかなかに口が達者だ。

　おまけにこれほど周囲から圧をかけられて、暴力で痛めつけられた上での歩み寄りだ。心の弱い人間なら屈していただろう。

　杉元があくまで客観的に鶴見を分析していると、鶴見は机に何かを転がした。

　どうやら金属製の硬貨のようだ。表面の艶から察するに金貨だろうか。見慣れない模様の印が刻まれている。

「見ろこの金貨を。アイヌの殺人事件の現場で見つけたものだ。アイヌが金塊を溶かして作ったものだろう。金塊は本当にある」

　これほど色々な人間が金塊を追い求めているのだ。今更その存在を疑ってはいなかった。ただこうして実物を見せられると、より予感は実感に変わる。

　金塊は間違いなくある。

この北海道の何処《どこ》かで。今でも身を潜めて誰かを待っている。

「どうだ杉元、我々と一緒に戦わないか」

最後に鶴見は甘言を杉元に投げかけた。

一瞬だけ、杉元は熟考する。

だが、ここで鶴見の仲間になったフリをしても、どのみち刺青を隠した場所を聞かれる事は避けられないだろう。何よりもこんな男にアシㇼパを関わらせるわけにはいかない。

拷問《ごうもん》か長期の監禁か。或いはその両方か。いずれにせよこれから自分は酷い目に遭うには違いない。それら全てを覚悟して杉元は迷いなく言い放つ。

「付き合ってられん」

「ロウソクボリボリしちゃおうか」

対して鶴見はそれすら予知していたように、楽しそうに歯をカチカチと鳴らした。

＊＊＊

太陽は既に上空を通り過ぎ、空は墨汁《ぼくじゅう》で塗りつぶしたように真っ黒になっている。

店も明かりを落としており、通りは昼間と打って変わって暗い。

人影さえも闇夜に紛れてしまうような中で、アシㇼパはレタㇻに導かれて、ある建物の中へと入っていった。

レタㇻは、やがて中で眠っていた一人の男に近づいて匂いを嗅《か》ぐ。どうやら目当ての男を見つけたようだ。

「……？」

男も尋常ならざる気配を感じたのだろう、ふいにその瞼を開いて、そして絶叫した。

「あああぁーっ！」

男の反応も無理はない。何せ目を覚ましたかと思えば自分の眼前に狼がいるのだから。

しかし、アシㇼパにその男を気遣う素振りはなかった。代わりに用意していたストゥで、男の頭を思い切り殴りつける。

「痛《い》だッ！」

と、ようやくここでアシㇼパは燈火《とうか》用の樺皮《がんぴ》に火をともす。

だが、そこで後頭部を押さえていたのは、杉元ではなく白石だった。

「あれ？」

「なんだよーっ！　この間のアイヌの娘っ子じゃねぇかよ」

と白石が文句を言うが、なんだよー、はこちらの台詞である。レタㇻは杉元を追っていたはずなのに、なぜ代わりに白石が見つかるのか。

「杉元はどこにいる？」

「いるわけねえだろ。俺一人だよ」

「おかしい。杉元の靴下のニオイを憶えさせたのに」

アシリパだって、ただむやみやたらに探していたわけではない。アシリパは杉元がコタンに忘れていった靴下の匂いをレタラに嗅がせ、杉元を追っていたのだった。

狼は体の大きさに対する脳の割合が犬より三〇パーセント大きく、そのぶんの知力が有効に使われていると言われている。

高鼻で空気中の匂いを嗅ぎ、大気中の数十兆の分子からたった一つの獲物の分子を特定できるため、数キロ先の獲物の追跡が可能だ。

そんなレタラが標的を間違うはずがないのだが、白石は「くつ下？」となぜか心当たりがあるようだ。

「ああ、あの時取り違えたのか」

どうやら白石と杉元が川で服を乾かしていた際、互いの靴下が入れ替わったようだ。

つまり、この悪臭を放つ靴下は白石のもので、レタラはそれを追ってここに辿り着いたというわけである。

「……気持ち悪い」

アシㇼパは顔を歪《ゆが》めながら靴下を捨てた。はるばるこんな所まで来たというのに、とんだ無駄骨だったようだ。

「さてはお前、杉元に裏切られたんだろ？　刺青を持ち逃げされたんだろ？」

「だまれ」

ただでさえ憤慨しているのに、白石は更に火に油を注いでくる。そんなアシㇼパの苛立ちをくみ取ったのか、レタㇻが白石の頭に噛みついた。

「いててて！」

「食べちゃダメ」

念のため、そう言っておく。しかし流石はレタㇻか。意思の疎通においては白石よりも賢いのでは、と思い始めたアシㇼパであった。

頭をかじられた白石は、慌てて持っていた情報を話し出す。

「杉元なら、第七師団に捕まって根城に連れていかれるのを見たよ！」

追跡が振り出しに戻ったのでどうしようかと思っていたが、それなら手間が省《はぶ》けた。

「そこへ案内しろ」

「やめとけ、どうせ行ったって手遅れだよ」

と白石が言うので、アシㇼパは持ってきた弓矢を白石に向けて引く。この毒矢はヒグマであれば十歩も動けずに死ぬが。

「――お前なら、一歩も動けずに死ぬぞ」

「……」

アシㇼパの覚悟を白石も感じ取ったようだ。

白石は観念したように息を吐くと、黙って身支度を始めた。


「あれが第七師団の拠点だ」

案内された場所は、小樽の少し外れの方にある、木を基調とした建物だった。

ここが軍の拠点だと言われなければ、誰も気にも留めないような素朴《そぼく》な外見だった。表だって第七師団の表記もない事から、公式の軍事施設ではない事がわかる。そのぶん中で何が行われていようとも、全て闇の中になるわけだ。

「あの連中を相手にするのは、流石に自殺行為だぞ」

遠くから拠点を眺めながら白石が言う。

「不死身の杉元も流石に悪運尽きただろ」

だが、アシㇼパは「いや生きてる」と断定した。

「あいつの強さは、死の恐怖に支配されない心だ」

杉元と一緒に過ごしてきたからわかる。これまでに何度も杉元は死線を越えてきた。

「どんな状況になっても、最後まで諦めずに生き延びる道を見いだす」

熊の巣穴に自ら飛び込んでいく奴を、アシㇼパは父以外には知らない。

それだけではない。ヒグマに襲われた時、第七師団の兵士とやり合った時、そして極寒の川底に落ちた時でさえ、彼は一度も怯まずただ生き残る方法を探っていた。

そうだ。彼は微塵も生を諦めたりはしない。この瞬間も抗い続けているはずだ。

己に死をもたらす万物《ばんぶつ》の事象全てに、彼は今も、これからも抗い続ける。

「だから、『不死身の杉元』なんだ」

確信と少しの祈りを込めたアシㇼパの声は、闇夜に吹く風に乗ってふわりと消えた。

＊＊＊

意識が飛びかけた頃、頬にもう一本串が突き刺さっていた事に気づいた。

度重なる殴打によって、痛覚も鈍くなってきたようだ。心なしか目も霞《かす》んできた。普通の人間なら既に失神しているだろう。意識があるだけ大したものだと思う。

「おい、まだくたばるなよ？　串団子野郎！　あははっ！」

耐える杉元であったが、それをあざ笑うかのように洋平が頬から一つ串を抜く。そして抜いた串を、躊躇なく杉元の肩へと突き刺した。

「不死身の杉元は、どんな怪我でも一日で治ったらしい。ハラワタ全部引きずり出しても治るのかな？　浩平」

「殺したら、刺青の隠し場所がわからんぞ？　洋平」

それにしても、まさか尋問の相手がこの骸骨《がいこつ》双子だとは。

恐らくこれはただの不運ではない。この双子が意図的に名乗りを上げたのだろう。昼間の一撃をまだ根に持っているとは。見た目と同様、陰険な性格のようだ。

「在処を吐くまで指を落とし続けりゃいい。ひゃはは！」

まだ刺青の在処を吐いていないので殺されはしないだろうが、この様子であれば殺される以外の事は一通り試してきそうだ。

洋平は楽しそうに銃剣で杉元の手を嬲《なぶ》る。数時間後に杉元の指が繋がっているか離れているかは、全てこの男の裁量一つであるというわけだ。

だとすれば、このまま悠長に耐えている余裕はない。

「……お前、見分けがつくように印つけてやる」

ぼそりと呟く杉元に、洋平がぴくりと青筋を浮かべる。

「ああ？　寝言言ってんじゃねえぞ、てめえ」

と苛立った様子で顔を近づけてくるが、杉元はその隙を逃さなかった。洋平が言い終わるや否や、杉元は頭を思い切り振って洋平の顎へと頭突きしたのだった。

昼間の跳び蹴りの時と同様、洋平は浩平を巻き込んで後方へと吹き飛ぶ。次に杉元は床を思い切り蹴って、椅子《いす》ごと洋平達へと突っ込んだ。

勿論、致命傷を与えるわけではない。この椅子自体を壊す事が目的だ。

目論見通り、椅子は壁へと激突してばらばらになる。すかさず杉元は体勢を崩した浩平の首に足を回して、全力で息の根を止めようと締め上げた。

「洋平！」

浩平の声に連動するように、洋平が銃剣で杉元の胸を突こうとする。

だが杉元はまだ抗う。

銃剣が胸を貫こうとしたその時、杉元は拘束されたままの両手で必死に押し戻した。

銃剣の切っ先は杉元の胸を徐々に貫き始め、肌からは真っ赤な血が滴《したた》り落ちる。

それでも、杉元は抗い続けた。

「俺は、不死身の杉元だッ！」

神が彼を生かそうとしているのか、或いは執念の為せる業なのか。

偶然にも、杉元の両手を拘束していた縄は銃剣によって切断された。これでもう分の悪い押し合いに興じる意味はなくなった。

杉元は自由になった片腕で、洋平を思い切り殴り飛ばす。

まだ杉元の反撃は終わらない。杉元は地面に転がっていた椅子の破片を手に取るや否や、締め上げげた浩平の頭に思い切り叩きつけた。

「おい、やめろ！　殺すなと言われてるだろうが！」

騒ぎを聞きつけて、月島や複数の兵士達が部屋へと駆けつけてきた。驚くべきは彼らが最初に拘束したのは浩平と洋平だった。

浩平達の怒りは既に最高潮になっていた。兵士達が押さえつけていないと、今にも殺しかねないといった様子だ。

「ばらばらに刻んで豚のエサに混ぜてやる！」

だが、杉元も折れていない。あれほど痛めつけられながらも、微塵も芯に動揺はない。

「命拾いしたなぁ。兄弟仲良くぶっ殺してやったのによぉ！」

そんな壮絶な彼らの会話を、白石は鉄格子越しに聞いていた。

＊＊＊

何だか凄《すご》いものを見た気がする。

白石は二階から庇《ひさし》を伝って下りながら、アシㇼパの元へと戻った。

先程は気丈に振る舞っていたが、アシㇼパも気がかりではあったようだ。表情から彼女が杉元の身を案じている事がわかる。だから白石は早く結論を話した。

「はぁ、しぶてえ野郎だ。杉元の野郎生きてやがった。本当にあいつは不死身だぜ」

とたんに、アシㇼパの表情がお日様のようにぱあっと輝く。こう感情を隠せないあたり、やはりまだまだ年相応なのだと白石は実感した。

しかし、まだ生きているとはいえ、未だに杉元が囚《とら》われの身である事には変わらない。先程も杉元は第七師団と壮絶な死闘を繰り広げていた。あんなのが何度も続けば、杉元の命もそう長くはないだろう。

ただ、あくまでそれは杉元の事情であり、自分とは関係ない。

白石は杉元に何ら恩義を感じていないし、そもそも本質的には金塊を奪い合う敵だ。敵同士が争っているのに、なぜ自分が塩を送る必要があるのか。

「あの鉄格子、俺なら関節を外して侵入できる」

だから白石は不思議だった。自分がなぜそんな事を言ってしまったのか。

「手を貸してくれるのか?」

当然だが、アシㇼパは聞き返す。しかしそれは白石自身さえ知り得なかった。自分はいったいどうしたいのか。恩を売っておくならば、第七師団の方が適切ではないのか。

「うーん……うーん、んー」

悩みに悩んだ白石だったが、不思議と結論は自分の中で出ていた事に気づく。

「……よし、俺は博打が好きだ。お前らに賭けてやる」

分が悪い賭けは嫌いではない。そもそも分が悪い賭けだとも思っていない。

椅子に拘束され、圧倒的不利な状況にもかかわらず、第七師団と互角にやり合うその姿は正に鬼気《きき》迫るものだった。白石は杉元の戦い様に文字通り鬼を見た。

「そのかわり杉元を助け出したら、俺に金塊の分け前を寄越せ」

毒には毒を。悪鬼ひしめく囚人には、同じように鬼を。おまけにこの鬼には、山に精通したアイヌの《アシリパ》知識もついている。

杉元達であれば本当に金塊に辿り着けるかもしれない、と白石は賭ける事にした。

「約束する」

白石の決意に、アシㇼパは即答する。これで取引は完了だ。であればここで油を売っているわけにはいかない。すぐ行動に移らねば杉元の命が危ないだろう。

白石は腕を鳴らして鉄格子を見上げる。さて、どう忍び込んでやろうか。今のままでも通り抜けられない事はないが、ここは準備を万全にしておきたい。

「おい、ところでよ。石鹸《せっけん》もってねぇか？　体に塗りてえんだ」

尋ねると、アシㇼパはなぜか風船のようなものを取り出した。

「ない。調理用のヒグマの油ならあるぞ」

ピセ。

熊の胃袋で作った容器で、この袋に水や様々な動物の油を入れて貯蔵したものらしい。確かに風船にしては些か生々しすぎる見た目ではある。

「……」

しかし、ヒグマの油を被らなければいけないとは。

少し想定と違うが、背に腹は代えられない。白石は観念し服を脱ぎ始めた。

＊＊＊

杉元は、手と足を繋がれた状態で地面に転がされていた。

縛りは先程よりも厳重で、流石の杉元も自由がない状態だ。

次にもしあの双子が入ってきたら、きっと杉元は為す術なく殺されてしまう。そしてあの双子は必ず来る。予感ではなく確信だ。奴らの自分に対する殺意の抱き方は異常だ。

幸い刺された傷は肋骨《ろっこつ》が防いでくれて深くはないが、このままではただ死を待っている事と何ら変わりはない。早く何とかしなければ。

と、杉元が危惧《きぐ》していたところで、背後から何か物音が聞こえた。

「……？」

動物か何かだろうか。反射的に杉元は音源に顔を向け、そして固まった。

いたのは、てかてかなボディをした怪人だった。

全身つるつるの怪人のような男が、鉄格子に体を押し込みながらぬるぬると中に入ってきたのだった。蛸のように柔らかく、というか関節を外しており、体をねじ込ませて一気に鉄格子を通り抜ける。

その怪人は、粘膜のような体液を垂らしながら地面へぼとりと落ちる。そのままぬめりを利用して、杉元へと一瞬で距離を詰めた。

「お邪魔するぜ」

「……妖怪？」

「脱獄王の白石だよ」

わかってはいたが、思わず聞き返してしまう心情も理解はしてほしい。本当に人間離れした侵入の仕方だ。脱獄王と言われるだけの事はある。

「なんでお前がここに？」

しかし、杉元には理由がわからなかった。なぜ白石はここに来たのか。別に自分達は同盟を結んだつもりはない。利害関係で言えば害の方が大きいだろう。

すると、白石は関節をはめ直しながら薄く笑った。

「アイヌの娘っ子に毒矢で脅されたのさ」

「……アシㇼパ、さん」

宝石のように綺麗で芯のある彼女の目を、真っ先に思い出す。

いつもアシㇼパはあの目で自分を真っ直ぐ見つめ、進むべき方向へ導いてくれた。そして今も彼女はここにいないながらも、杉元を導き続けてくれている。

彼女を巻き込まないために離れたのに、結局また救われた。これでは合わす顔がないと思った一方で、同時に彼女に会いたいとも思うから不思議だ。

杉元が感謝と少しの罪悪感を抱いている間に、白石は完全に関節をはめ直した。

「お前をここから逃がしてやる」

と言いながら、杉元の縄を解いていく白石。しかし間の悪い事に、廊下の方から足音が聞こえてきた。まさかもう奴らが来たというのか。

答え合わせは数秒もかからなかった。

「浩平は外で見張ってろ。絶対に誰も入れるな」

部屋の明かりがつくや否や、洋平と浩平が銃を持って中に入ってきた。

「洋平、銃は使うな。みんなが来ちまう。銃剣でやれ」

浩平の指示に従って、洋平は浩平に銃を渡す。

これまでと違い、二人は杉元をただ始末する事だけを考えているようだ。

やがて、銃を受け取った浩平は、周囲を確認するとゆっくり扉を閉めた。再び部屋は静かになり、中には洋平だけが残される。

後は腰から銃剣を抜いて、身動きできない杉元の心臓へと突き刺せばいいだけだ。洋平にとっては朝食を作る事くらい簡単な作業のはずだった。

だから腰の銃剣に手を伸ばした時、その手が空を切った事に洋平は困惑した。

おまけに振り返ると、縛られていたはずの杉元が銃剣を持って立ち上がったのだ。

洋平は、最期《さいご》まで何が起きているかわからなかっただろう。

杉元が銃剣を思い切り振りかぶり、静かだった部屋に洋平の悲鳴がこだました。

＊＊＊

あの不死身の杉元が、ずっと大人しくしているとは鶴見も考えてはいなかった。

先程のような小競り合いも織り込み済みだ。だが立て続けとなっては話は違う。そもそも今の杉元は身動き一つ取れない状態のはずだ。それがなぜまた上から叫び声が聞こえてくるのだろうか。

疑問を浮かべながら、鶴見は杉元を監禁した部屋へと向かっていく。

「洋平っ！　洋平っ！　杉元ーっ！」

部屋の前では、双子の片割れの浩平が甲高い声で相方の名前を呼んでいた。月島達が押さえていなければ、何をするかわかったものではないほどだ。

「殺させろーっ！　杉元おおおおお！」

「何の騒ぎだ」

鶴見が尋ねると、月島は浩平を押さえながら「二階堂が！」と部屋の方を見る。

どうやら何かがあったのは間違いないようだ。しかし、この状況で何かを起こせるとは。流石は不死身の杉元か、と鶴見は無言のまま室内へと足を踏み入れた。

部屋の中は、鶴見の想像以上に惨憺《さんたん》たるものだった。

まず目につくのは、床に流れている夥《おびただ》しい血の跡だ。よほど激しく争ったのだろう。一部は手か何かで激しく拭われており、轍跡《てつせき》のようなものができている。

原因はこの男だ。洋平の手に握られた銃剣には、べっとりと血が付着していた。ただ当の本人は首を折られて死んでいる事から、この血の主は恐らくは別だ。

鶴見は一通り状況を理解した後、最後にその人物を見て、笑った。

「——まさに風口《かざくち》の蠟燭《ろうそく》だな。杉元」

その血だまりの中心。

腹からはみ出たハラワタを押さえながら、杉元がこちらを睨んでいた。

「……」

呼吸が浅い。傷の深さもさる事ながら、流している血の量が多すぎた。これでは杉元であろうと助からないだろう。

不死身の杉元の命運もここまでか。鶴見は冷静な目で杉元を見下ろしていた。

「助、けろ……刺青人皮でもなんでもくれてやるよ」

ただ、まだ杉元には息がある。これは刺青探しの事を考えると実に望ましい状況だ。

「街で一番の病院に連れて行け。医者を叩き起こせ」

間違いなく杉元は助からない。だが杉元は刺青を手放してでも生きたいと思っている。であれば、この状況を利用しない手はない。鶴見は部下に指示して杉元を担架に乗せ、部屋の外へと運び出した。

その際に、杉元には聞こえないように月島へと顔を近づける。

「私も馬で後を追う。死ぬ前に必ず刺青の在処を聞き出せ」

結局鶴見にとっては杉元さえも、刺青を集めるための道具にすぎない。道具が完全に壊れる前に手がかりが見つかれば御の字だ。

鶴見はそう割り切って、月島達を見送った。月島は命令通り杉元を馬橇《ばそり》に乗せ、そのまま闇夜へと消えていく。

あれほど騒々しかった室内に、再び静けさが戻った。

後は月島が刺青の在処を聞き出せれば、と目論んでいたところで、ふと鶴見は現場から引っかかりを感じた。

「……妙だな」

気になったのは、洋平の死体だ。正確に言えば洋平の死体の手。銃剣を握っていたはずのその手には大きな傷、いわゆる防御創《ぼうぎょそう》があったのだ。

「右手に傷がある。左手は無傷なのになぜ持ち替えない」

そもそも杉元は別に武器など持ってはいなかった。であれば、この傷はいったい何だ？　杉元が後から握らせたとでもいうのか？

「……」

考えて、鶴見の中にある予感が生まれた。

どろり、と鶴見の頭部から液体が漏れる。

答え合わせをするように、鶴見は洋平の胸元へと手を伸ばした。

そのままボタンを乱暴に外し始め、肌が見えるように服を捲《まく》る。

そうして露になった腹部を見て、思わず口角を歪に曲げた。

「…………」

実に長い沈黙だった。一本取られたとはこのような事を言うのか。なるほど。あの状況で瞬時にこれを思いつくとは。やはり奴の名前は伊達《だて》ではなかった。

鶴見は空っぽになった洋平の腹部を見ながら、ぼとぼとと脳汁を漏らす。

「――あの男、ハラワタを盗みおった」

＊＊＊

薄暗い小樽の道を、月島が操る馬橇が静かに駆けていく。

一方で、二人の兵士は馬橇の上で杉元の体を支え続けていた。

向かうのは病院だ。橇に乗せた杉元を医者へ見せるため、真っ直ぐ夜道を進む。

とはいいつつも、杉元は既に虫の息だ。あの様子では間違いなく助からない。

真に気にすべきは、医者に彼を見せる事ではない。彼に末期《まつご》の言葉を言わせて、刺青の隠し場所を聞き出す事だ。

だから物音がした時、兵士は最初、杉元がついに事切れたのかと心配した。

しかし兵士が見たのは、自らのハラワタを持って立ち上がる杉元の姿だった。

「……」

まるで幽霊でも見たような反応だったが、無理もない。腹からハラワタを出して死にかけていた男がいきなり立ち上がったのだ。彼らが動揺するのも仕方ないだろう。

一人の兵士は何が起きたか最後まで理解できずに、杉元に蹴飛ばされて橇から転落した。

どうやら全て上手くいったようだ。

転げ落ちていく兵士を目に、杉元は小さく息を吐く。

咄嗟の判断ではあったが、あのまま兵士全員を相手にするよりは賢明だったろう。後はこの馬を拝借して、奴らの目に届かない場所まで逃げ切るのみだ。

杉元は静かに正面を見据える。敵は馬に跨っている月島と、名も知らぬ兵士か。だがまだ敵は何が起こったのか理解できていない。

分は悪いが隙はある。叩くなら今だ。

杉元は持っていたハラワタを兵士に投げつけて、口に刺さっていた串を抜いた。そのまま呆然《ぼうぜん》とする兵士の手の甲へ、何の躊躇もなく突き刺す。

杉元なりの意趣返しだったが、しかし流石は第七師団の屈強な兵士か。普通なら間違いなく怯むだろう状況ですぐ平静を取り戻し、逆に杉元へ短剣を振るった。

その間に、騒ぎに気づいた月島が橇に乗り移り、杉元に向き直る。これで杉元の優位性は早くも失われた。

敵ながら大したものだ。杉元は感心しつつ、敵の剣を紙一重でかわしていく。

猛攻を受けるが、ここは杉元の方が上手だった。相手がとにかく杉元を殺そうとする中、杉元だけは冷静に相手の動きを見定めていた。

やがて相手に隙ができたのを見計らうと、杉元は月島の体を思い切り蹴り上げる。月島はギリギリで踏ん張るものの、もう一人の兵士がドミノ倒しとなり馬橇から落ちた。

馬橇には月島と杉元だけが残される。これでようやく一対一だ。

「……」

「……」

一瞬だけ、凪《なぎ》のような沈黙があった。

恐らく、月島も理解している。ここから先は単純な力の倫理だと。死ぬか殺すか、或いはどちらかが馬橇から落ちれば決着する。

しかし膠着は長くはなかった。

様子を窺っていた杉元へ、月島は真っ直ぐ襲いかかったからだ。

「……なっ！」

月島は体ごと杉元へ倒れ込み、殴打を繰り返す。

虚を突かれた杉元は、相手の拳《こぶし》によって何度も脳を揺らされ続けた。

何度も、何度も、何度も、何度も。月島はひたすら杉元に拳を振るい続ける。

これは不味《まず》い、落ちる。

意識が飛びかけたが、すんでの所で杉元は月島を体ごと払いのけた。その際に月島と共に橇から落車したが、杉元は決死の覚悟で手を伸ばし、地面を這っていた手綱《たづな》を捕える。

地面との接触で服が激しく摩耗するが、今はそれどころではない。振り返ると月島も手綱の後方に摑まって橇に引きずられていた。

本当に大した執念だが、もう杉元に感心している余裕はない。杉元は何とかして月島を振り解こうとするも、今は自分が馬に引き離されないようにするので精一杯だった。さてどうするか。このままでは力が尽きるか、背後の月島に引きずりおろされるかどちらかだ。どちらにせよそうなれば自分に活路はない。

杉元が窮していたその時だった。

橇が走るすぐ近くの長屋の屋根から、人影が橇へと降り立ったのだ。

その人物は、軽快な身のこなしで橇に着地すると、すぐにこちらに振り返る。

年端もいかぬ、アイヌの衣装を纏った少女だった。

アイヌ独特の真っ白な厚司《あつし》に、まだ幼さの残る雪のような白い肌。目は純真さを宿しながらも、きらりと強い意志に満ちている。

「――杉元！」

アシㇼパが、杉元に向けて手を伸ばしていた。

驚き半分、感謝が半分の杉元だったが、状況が状況だ。動揺も露に杉元はアシリパの手を握り返す。

掌からは、出会った時と同じくじわりと優しく熱が流れ込んできた。

アシリパは精一杯の力で杉元を手繰り寄せ、橇の上へと乗せた。背後から月島が迫ってくるが、こうなってはもう形勢は揺るがない。

アシリパは持っていた短刀で、月島がしがみついていた手綱を切った。慣性に従って月島の体は後方に転がり、やがて完全に見えなくなる。

これで、橇の上に乗っているのは自分達だけになった。ようやく一段落か。

ほっとした杉元だったが、銃弾が自身の頬を掠《かす》めた事で考えを改める。

見ると、背後の暗闇から浮き出るように、二頭の馬が現れた。上には二人の軍服を着た騎手が乗っている。間違いなく第七師団の追っ手だろう。

問題はその人物か。今度は杉元が幽霊を見たような心地になった。片方の馬に乗っていた人物は、杉元が部屋で殺したはずの洋平だったのだ。

「杉元おおおお！」

——いや、ない。流石にそれはない。奴は杉元が確かに地獄に送った。ここが冥界ではない以上、洋平がここにいるわけがない。

あれは浩平だ。浩平が杉元を追ってここまで来たのだ。

しかし何という執念か。できれば二度と会いたくなかったが、自身の片割れが殺された事により、相手の殺意はこれまでにないほど研ぎ澄まされている。離れているここにまで殺気が伝わってくるほどだ。

まるで洋平の怨念が具現化したかのように、浩平は杉元の名前を叫び続ける。

最後の最後にとんだ難局がきたものだ、と杉元は苦虫を噛み潰した。

＊＊＊

浩平が放った弾丸は、幾度も杉元の周りの空気を切り裂いた。

普段は閑静《かんせい》な夜の小樽に、銃弾と馬の駆ける音が響く。

だが、互いに馬に乗っている事もあり、銃弾はなかなか杉元に当たらない。杉元もそれは計算ずくで、相手に無駄打ちさせようと橇の上を動き回っていた。

「先走るな！　杉元を撃つな！　馬を撃て！」

一方で、追っ手のもう一人は冷静だった。杉元を撃ってしまえば刺青人皮の在処を聞き出せなくなる。第七師団としてはそれだけは避けなくてはならないとの考えのようだ。

そもそも杉元も逃げ切れるとは思っていない。機動の面で見れば、馬橇を背負っている馬と騎馬ではまるで速度が違う。杉元はみるみるうちに距離を詰められる事となった。

ただ、杉元は無策で距離を詰められたわけではなかった。

兵士が杉元に近づこうとした際に、逆に自らも兵士に近づいて銃で殴りかかる。予想外だったのだろう。兵士は杉元の打撃に反応しきれず、馬から落ちて小樽の闇の中に吸い込まれる事となった。

これであと一人。今度こそあと一人だ。

馬から飛び移ってきた浩平を睨みながら、杉元はじりじりと身構える。対して浩平は先程の激情が嘘のように静かだった。

ただ、冷静になったわけではないのだろう。杉元を殺すために神経を集中させているだけだ。杉元も杉元で浩平をどう迎え撃つか、じっと無言で観察している。

互いに出方を窺う二人。しかし膠着は長くは続かなかった。

浩平は思い切り床を蹴り上げると、その推進力を利用して杉元へ銃剣を振るった。

杉元は瞬時に剣筋を見極めてそれをかわすが、浩平は立て続けに二撃、三撃と杉元目掛けて銃剣を突きつける。

型も技術も何もない。ただ浩平はがむしゃらに剣を振り続けている。だがその剣は確実に杉元の命へと肉薄していた。

これは妄執《もうしゅう》だ。杉元に対する個人的な妄執。つま先から頭、或いは細胞の一つ一つにまで殺意が張り巡らされている。ともすればもう浩平は、自分の意思だけでは動いていないかもしれない。

ここまでの執念を抱く相手は、戦場でも杉元は出会った事がなかった。

杉元がそれに気圧《けお》されていると、今度は浩平はアシㇼパへと襲いかかった。

驚いたが、杉元を殺すためなら何でもするような奴だ。ここで敵の数を減らすか、もしくは杉元に動揺を与えようとしたのかもしれない。

だが、そんな事をやらせるわけにはいかない。幸い敵は自分に背を向けている。

こちら側からすると隙だらけだ。杉元は浩平に体当たりする事でアシㇼパを守った。

これには流石の浩平も体勢を大きく揺らし、馬橇から足を外しかける。

決着かと思われたが、そこは浩平の執念が為せる技か。ギリギリで持ちこたえると、再び銃剣を構えて杉元を睨んだ。

「……」

「……」

両者は再び静かな殺意を浴びせ合う。余計な会話などはいらない。必要ない。

しかしこの男、そんな事は関係なくしつこい。

そもそもこちらは丸腰だ。これまでは運良く見極められていたが、このままでは致命傷を受けるのは避けられない。

焦る杉元。一方で浩平は銃剣に殺意を宿し、杉元目掛けて突撃する。

正にその時だった。

「杉元！」

馬に跨ったアシㇼパが、杉元に向かって何かを投げた。

「……？」

何だ、いったい彼女は何を投げた？

一瞬杉元の思考に空白が生まれるが、浩平の剣の切っ先は既に目の前へと迫っている。

考える間はない。今は信じろ。アシㇼパの行動を、その意味を。いつだってアシㇼパは自分に道を示してきた。今回もその直感に従えば良い。

杉元は跳躍し、空中で身を翻す事で浩平の剣戟を避けた。そしてアシㇼパから投げられたソレを手に取り、浩平へと目掛けて振りかぶる。

投げられたのは、棒状のものだった。

素材は木材。先端は球体がいくつも連なっており、団子のような形をしている。一見して武器とは言い難い形状だが、杉元はよくこれを知っていた。しっかりと覚えている。アイヌは窃盗や殺人など悪い行いがあった時、この棒を制裁として用いると。だとするとこの状況は実に気が利いている。

杉元はアシㇼパから受け取ったストゥを、浩平へ思い切り振り下ろした。


ガン！　と手に確かな衝撃が伝わる。

杉元が振り下ろしたストゥは、間違いなく浩平の脳天を揺らしたのだった。

その隙に杉元は橇から前方の馬へと移動し、アシㇼパが手綱ごと馬から橇を外す。

そうして連結が離れた瞬間、アシㇼパは馬を思い切り急旋回《せんかい》させた。

「……っ！」

当時の小樽の街中には、カチカチに固くなった道路や屋根の上にある雪を削り取り、石垣のように高く詰まれている光景があちこちに見られた。

言ってみれば雪の壁だ。勿論その壁は、杉元達が大立ち回りをしていたこの場所にも存在している。正に前方に見えているのがそれだ。ただ雪とは言っても氷くらいに固めたものでぶつかれば無事ではない事は明らかだ。

アシㇼパは、たった今全力で旋回する事でそれをかわした。

だが既に連結が外された橇には、そのような芸当は不可能だ。

唯一の逃げ道は減速した上での静止なのだろうが、橇は止まらない。馬の速度が地面に薄く張った氷によってそのまま生きている。

「うわわああああああああああぁぁぁっ！」

浩平は絶叫するがもう遅い。雪の壁はすぐに浩平の視界を奪い尽くす。


やがて浩平は橇ごと雪の壁へと突っ込み、激しく雪煙を上げた。


ドンッ！　と爆発に似た衝撃が走る。

実に派手な決着だった。浩平の体は人形のように吹っ飛び、粉雪の中へ消えていく。

生きているのか死んだのかは確認できなかったが、追ってこれない事は確かだろう。地面に重いものが落ちたような音がした後、場には馬の足音だけが聞こえるようになった。

舞い上がる雪の煙を見ながら杉元は安堵する。今度こそ完全に終わったと。

だが杉元は改めて、二度ある事は三度あるという言葉の意味を知る事となる。

ぼうっ、と舞い上がった雪煙の中に、突如人影が浮かんだのだった。

「……っ！」

やがて影は実体となり、杉元を真っ直ぐ追ってくる。煙の中から亡霊のように現れたのは、馬に乗った鶴見だった。

鶴見は銃を手に持ちながら、真っ直ぐ杉元を追いかける。

亡霊から逃げ切ったかと思えば、今度は死神か。本当に軍の組織とは思えない。埋蔵金に取り憑かれた悪霊そのものだ。

死に追われ続ける杉元であったが、彼の唯一の幸運はアシㇼパがいた事だ。

アシㇼパはぐっと弓を引くと、鶴見目掛けて矢を放った。

びゅん、と弓矢が凍《い》てつく空気を切り裂いていく。

矢は初めて彼女と会った時と変わらず真っ直ぐで淀みのない軌跡を描く。

やがて矢は鶴見ではなく、鶴見が乗る馬へと命中した。たまらず馬はその場に倒れこみ、反動で鶴見は宙を舞う事となる。

ただ、当の鶴見は機敏だった。

とてつもない身体能力だった。馬から投げ出された鶴見は、前方に勢いよく転倒するが、あろうことかその力を利用して身を起こしたのだった。

鶴見はそのまま全速力で走りながら銃を正面に向ける。

ボーチャードピストル。

世界で初めての実用的な拳銃と言われている、鶴見の愛用拳銃だ。

鶴見の腕も相まって、照準はしっかりと杉元の背中に合った。後は引き金を引けば杉元の蠟燭の火は瞬時に消え去る事になる、のだが。

「……」

いったいどうしたのだろうか、直前になって鶴見は引き金を引くのを止めた。そのまま静かに銃を下ろし、どんどんと闇夜へと消えていく杉元達の姿を見送る。

鶴見は、引き金を引かない事でこの夜を終わらせたのだ。

再び静かになった闇夜の中で、鶴見はぼそりと口を開く。

「——今日はやめておこう」

鶴見の気まぐれによって生かされた事を、当の本人はまだ知らない。

＊＊＊

鶴見が歩いて拠点に戻っていると、どうしてか建物から火の手が上がっていた。

何者かの襲撃に遭ったのだろうか。そう懸念したが、兵士達は全員外で呆然と燃える建物を見上げている。どうやらこの火は人を殺すためのものではないらしい。

「中尉殿。何者かが火を！」

近寄る部下を余所に、鶴見は改めて火を見ながら状況を整理する。何せ杉元が行動を起こしたタイミングでのこの火事だ。関連性がないと考えるのは無理があるだろう。

となると、狙いはやはり刺青人皮か。

それも犯人は杉元ではない、杉元の協力者によるものだ。思えば杉元が自らの傷を偽装できたのも、杉元の拘束を解いた何者かがいたからこそ成り立った結果だ。

「杉元……いや、杉元一味に刺青を集めさせた方が効率がいいな」

奴らの方が一枚上手だ、と鶴見はぼやいた。

大事なのは過程ではない。結果だ。途中どれだけ刺青を集めようが、途中で死んでしまえば全ては水泡に帰する。たとえ死人が金塊を手に入れようと、地獄で使う術はない。最後に刺青を手にする人間が自分であればいい。そう鶴見は考えを改めた。

そんな鶴見に、兵士の一人が申し訳なさそうに近づく。

「申し訳ありません。火の回りが早く……。刺青人皮を持ち出せませんでした」

「それは無事だ」

鶴見は間髪容れずに答えると、なぜかおもむろに軍服を脱ぎだした。

何事かと困惑する兵士に構わず、鶴見は上着のボタンを完全に外した。そのままむき出しの肌を露にさせる。

――いや、違う。刺青だ。鶴見の肌かと思われたそれは、囚人の刺青人皮だった。

鶴見は刺青人皮を、まるでシャツを羽織るがごとく身に纏っていたのだ。

「おかげで暑いわ」

あつい、あついと真顔の鶴見。これには流石の兵士達も言葉をなくしたようだ。皆が皆、奇妙なものを見るような目で鶴見を見ている。

その中で、周囲と違った困惑を浮かべている兵士が一人。

「……どおりで探してもねえわけだぜ。変態中尉め」

軍服を着て様子を窺っていた白石は、舌打ちしながらその場を離れる。

結局火事を起こしたのは、彼の仕業だった。

騒ぎに紛れて執務室に入り、第七師団の刺青人皮を奪う手はずだったが、まさか隠し場所があんな所にあるとは。

一枚上手なのは鶴見の方もだろう。

恐らく今後も、第七師団とは金塊を巡って拗《こじ》れるに違いない。白石はこれからも彼らとの因縁《いんねん》が続く事を実感し、深いため息を吐く。

息は夜の凍てつく大気によって、真っ白に染まって消えた。

＊＊＊

たとえどれほど長い夜だろうと。必ず夜明けはやってくる。

久方ぶりに差し込んだ太陽の光は、死地から戻った杉元を歓迎するかのように優しく天から降り注いでいた。

隠していた刺青も、誰かに見つかる事なく回収できた。第七師団がここまで追ってきているような様子もない。

これで全て元通りであったが、まだ一つ気がかりな事が残っている。

「そこに隠していたのか」

尖った声が、杉元に刺さるかのように飛んできた。

アシㇼパだ。アシㇼパは杉元を真っ直ぐ見つめている。宝石が散りばめられたかのような目からは感情が読みにくい。怒っているようにも、悲しんでいるようにも見える。

「……格好つけて出ていったのに、助けられちまった。ざまあない」

いずれにせよ、彼女には頭が上がらない。

彼女を危険な目に遭わせないためにこうして距離を取ったというのに、逆にこうして危険な目に遭った杉元を彼女は助けてくれた。これでは合わす顔がない。

項垂《うなだ》れる杉元だったが、アシㇼパはぐっと表情を崩した。

……泣いている、のだろうか？

思わず目が釘付けになる。黙り込む杉元を前に、アシㇼパはその整った顔を崩しながら、杉元へとゆっくり近づき、
持っていたストゥで、杉元の頭を思い切り叩いた。

「痛《いて》えっ！」

予想外な一撃に、悶絶する杉元。しかしアシㇼパの表情はどこまでも真剣だった。

「私は、既に父を無残に殺されている。危険は覚悟の上だ。それでも杉元と一緒なら目的を果たせるかもしれないと、自分で判断したから協力すると決めたんだ」

「……」

「私を子供扱いして、相棒として信用もしないで一人でむちゃをして。もっと慎重にならなければいけないのに。急ぐ理由でもあるのか？」

アシㇼパにしては饒舌《じょうぜつ》だった。彼女は心に溜まった膿《うみ》を吐き出すかのように、杉元へ

怒りをぶつける。だが杉元に彼女を諫める資格はない。

彼女の怒りはもっともだった。自分はまだ何も彼女に話していない。いや、話す必要はないと自ずと距離を取っていたのだ。その時点で自分は相棒失格だ。

アシリパは目で杉元に訴え続ける。お前は何のために戦っているのだ、と。

なので杉元は答えなければならない。自分の過去を、生きる意味を。

「……寅次っていう幼馴染《おさななじみ》がいた」

やがて、杉元は静かに口を開き始めた。

「そして、同じ幼馴染の梅《うめ》ちゃんと俺、三人はいつも一緒だった」

話しているうちに、この場所から過去へと、杉元は記憶の奔流に呑《の》まれていく心地になる。


記憶の中の杉元は、今とはまるで違う、争いとは無縁の日々を過ごしていた。

貧しいながらも、寅次や梅子《うめこ》と過ごす穏やかな日々。殺す事も殺される事も、奪う事も奪われる事も頭の片隅にさえ存在していなかった。

ただ、そんな穏やかな日々も長くは続かない。

ここから杉元の記憶に陰りが生まれる。

「——杉元の家だ。息を止めろ、息」

次に聞こえてきた声は他の村人のものだった。いずれも目は嫌悪と侮蔑で満ちている。

「ここんちは、もう三人も肺病で死んでる。家ごと燃やしちまったらいいんだ」

彼らも他の数多《あまた》の村人と同様、口元を押さえながら杉元の家を睨んでいた。

「燃やしちまうか今夜」

「え？　お前がやれよ」

「やだよ、肺病うつっちまうよ」

結核《けっかく》にかかった家はどこもこんなものだ。腫《は》れ物のように扱われ、忌み嫌われる。

家族も全員結核で死んだ。次は恐らく自分の番だ。この村に自分の居場所はもうどこにも存在しない。むしろ誰もが自分の死を願っているとさえ感じた。

そんな中でも寅次と、そして梅子だ。梅子達だけは別だった。

しかし、梅子は手の届く距離にはいない。杉元は玄関の引き戸から、梅子は生け垣の外からと、互いに窺うように目線を合わせ続けている。

「梅子！　もうここに近づいてはいけないと言ったでしょ」

生け垣の方から、そのような乱暴な声が届く。

「佐一の事は諦めなさい」

梅子の母親だ。母親は鼻と口を押さえながら梅子の手を引き、その場を去った。

だから、杉元は自分の手で過去にケリを付けた。

回る。回る。意識がぐるぐると過去の中を転がり回る。

次に杉元が目にしたのは、燃えさかる炎だった。

激しく燃焼する炎は、杉元の家を飲みこんで暗闇を眩く照らす。杉元が家族と過ごした思い出も、その柱の一本まで包んで、炎は煙を空へと送り続けた。

「……」

いったい、自分はどんな顔をしていたのだろうか。

ぼうっと炎を見ていた杉元に、背後から「佐一ちゃん」と梅子が呼びかける。

「良かった。無事だったのね。この火、まさか村の誰かが」

「いや、俺がやった」

予想外の返答だったのだろう。梅子は「え?」と呆けたように杉元を見る。

「もうこの家に帰る人間はいない。俺は村を出る」

自分なりのけじめのつもりだった。誰に会う事もなく村を出ようと思っていた。

しかし、梅子に会ってしまったのは予想外だった。逃げるようにその場を後にしようとした杉元を、梅子が裾《すそ》を摑んで呼び止める。

「佐一ちゃん、連れてって」

ここで頷ければ、どれほど楽だろうか。どれほど救われるだろうか。一瞬踏みとどまりかけた杉元だったが、そんな選択など自分には存在していない。

「近づいちゃ駄目だ。俺はもう、うつってるかもしれない」

「佐一ちゃん」

「来るな！」

家族も全員結核で死んだ。次は恐らく自分の番だ。しかし梅子にまでその番を回すわけにはいかない。大切だからこそ、彼女には長く生きてほしい。

視界が滲みそうだったので、代わりに杉元は走る事にした。

「……一年経って発症しなければ戻ってくる。必ず、迎えに」

走りながら、自分に言い聞かせるように囁く。明日さえどうなるかわからないというのに実に儚い文字通りの世迷《よま》い言《ごと》だ。それでも言わずにはいられなかった。

＊＊＊

それからの一年は、どう過ごしたかあまり覚えてはいない。

必死に毎日を過ごしているうちに、気がつけば季節が移ろい、自分に這い寄っていた死の影が遠ざかった。結局杉元に結核は発症しなかったのだ。

これで堂々と会える。そう一年ぶりに故郷に戻った時だった。


杉元は、梅子の嫁入り行列を少し離れた場所から見ていた。

白無垢《しろむく》姿の梅子は、それはそれは綺麗だった。

その相手が親友の寅次だと知っても、杉元の心は穏やかだった。結局、自分は梅子に幸せになってほしかっただけだ。その相手が自分でなくとも、幸せであればそれでいい。

今度こそこの地に未練はなくなった。杉元がその姿を見届け村を出ようとしたところで、背後から息を荒くして駆け寄ってくる人物に気づいた。

「何で帰ってきた！」

その人物は寅次だった。久しぶりの再会だというのに、寅次は顔を真っ赤にさせ、長年の仇敵のように杉元と向かい合う。

「梅子は俺の嫁だぞ！　絶対に渡さない！」

そう叫んで、寅次は杉元に飛びかかる。だが寅次とは子供の頃からの仲だ。彼が腕っ節では自分に遥か及ばない事くらい理解しているし、寅次だって知っているはずだ。

現に寅次は先程から杉元に投げられっぱなしで、せっかくの正装が今は泥だらけだ。

「梅子は俺の嫁だぞ！　絶対に渡さない！　俺が一生懸命働いて、お前なんかより幸せにするんだ！」

しかし、寅次は杉元にしがみついてくる。なりふり構わず、がむしゃらに。

そこでようやく杉元は寅次の行動の裏に何があったのか、この一年、今日に至るまでどういった苦悩があったのかを深く理解する事ができた。

「……」

「なんとか言えよ！　くそっ！」

あの時村を出ていなければ、また違った結末があったのだろうか。

しかしそんな事を考えても、どうしようもない事くらい杉元だってわかる。今の自分にできる事は、二人の幸せを応援してやる事だけだ。

杉元は寅次を投げ飛ばす。

もう起き上がれなくなった寅次に対し、自身も大きく息を吐いてその場に座り込んだ。

「……結婚おめでとう、寅次」

奔流だ。自分は今、記憶の奔流の中にいる。

金塊、囚人、第七師団。目の前の事に必死で、ずっと目を背けていた記憶の奔流。薄れていく意識と比例するように心が過去に繋がっていく。過去に溺《おぼ》れていく。

「寅次！」

そうして、杉元は再び戦場に戻ってきた。

自分を庇って爆風に巻き込まれた寅次に向けて、空しさに似た叫び声を上げる。

杉元はすぐに寅次へと駆け寄る。しかし寅次の足は既に膝《ひざ》から下がなかった。息も絶え絶えになりながら、先程からしきりに何かを譫言のように呟いている。

「寅次、大丈夫だ。絶対に野戦病院に連れてってやるからな」

そう言いながら杉元は彼の体を包帯で縛り止血する。だがいっこうに血は止まる事なく、乾いた大地に染み渡り続ける。

「……梅、子は」

止血を続ける杉元に、寅次は弱々しく呼びかけた。

「梅子は信じるかな。俺が佐一を投げ飛ばしたって言ったら」

「俺が証人になってやる。思いっきり自慢しろ」

駄目だ。血が止まらない。

「戦争が終わったらよお、北海道に行こう。砂金が採れるんだ」

先程から寅次の話は脈略がない。顔からも生気がなくなり始めている。

それでも杉元は止血の手を緩めなかった。親友一人救えないで、何が不死身の杉元だ。

結局親友に守られて何が不死身の杉元だ。

「梅子の目を、腕のいい医者に、腕のいい医者に診《み》せてやりてえ。頼む、佐一」

梅子を、頼む。

それが寅次の最期の言葉となった。その言葉を境に寅次の体から力が失われ、熱もどんどんと引いていく。

「寅次、おい待て逝くな！　寅次！」

呼びかけも空しく、杉元の声は砲撃の音にかき消されていった。

＊＊＊

長い長い記憶の旅も、既に終着点に近づいている。

血と硝煙《しょうえん》の臭いが漂う戦場から、意識は花の匂いが漂う故郷へと移り変わっていた。

ここは肺に入れる空気も、鼻腔を突き抜ける香りも、流れる時間でさえ全て陽《ひ》だまりのように穏やかだ。杉元が過ごしてきた戦場とは、まるで違う世界のようにさえ思える。

そんなのどかな故郷の、とある一軒家。

「ハコベラ。こっちはハハコグサ」

杉元が遠くからその親子を見ていると、懐かしい声が聞こえてきた。

梅子は、息子の寅次郎《とらじろう》から渡された花を匂いだけで識別しているようだ。一方の寅次郎は興奮した様子で再び梅子へと花を持ってくる。

「——これはレンゲかな?」

「どうしてわかるの?」

寅次郎は、今度こそ不思議だとばかりに梅子へ尋ね返した。ようやく梅子は閉じていた目を開けて、優しそうな表情で寅次郎を見る。

「お母ちゃん、目が悪いから、そのぶん鼻がいいの」

元気そう、と愚直には言えないが、とにかく姿が見られて良かった。

息子の寅次郎もすくすくと育ってはいるようだ。

杉元が安堵を浮かべていると、杉元に気づいた寅次の母が杉元に近づいてくる。

「あの、なにか御用でしょうか?」

一瞬どきりとしたが、どうやら母親は杉元を認識していないようだ。確かに最後に会ったのは数年前ではあったが、それでもここまで近づいてわからないものだろうか。

困惑したが、別に杉元は挨拶をしに来たわけではない。杉元は軍帽を目深に被りながら手に持っていた布包みを差し出した。

「……これ、寅次です」

布包みの中は、寅次の遺骨だった。

結局これだけしか持ち出せなかったが、せめて骨は家族の元へと届けてあげたい。これが今回の帰郷の理由だった。

杉元が差し出した箱を見て、寅次の母がはっと息を呑むのがわかる。

「そうでしたか。何とお礼を申し上げていいか」

深々と頭を下げる母に、梅子はようやく杉元の来訪に気づいたようだ。だがそれが誰かはわかっていないようだ。「誰か来たの?」と困惑した声を上げる。

杉元は、答えられなかった。ここで自分だと言って何になるというのか。自分だけおめおめと生きて帰ってきて、寅次に守られて、死なせてしまって。

そんな自分が彼女に何と声をかけられるのか、と杉元は口をつぐんだ。

黙っていると、ふいに母親が杉元を困惑したように見上げた。

「あなた……もしかして、杉元佐一さん?」

流石に気づかれたようだ。これは長居するべきではない。渡すものは渡せた。早くこの場を後にしよう。そう背を向けかけた時だった。

「佐一ちゃん?　ほんとに佐一ちゃんなの?」

梅子が、杉元の元へと駆け寄ってきたのだ。

「私、もうボンヤリとしか見えなくて、佐一ちゃん帰ってきたの?」

梅子は杉元に触れるが、なぜか梅子はびくりとして手を放す。そして困惑したような表情で杉元を見た。

「あなた、どなた?」

その言葉は、杉元の心を深く抉《えぐ》る事となる。

梅子は鼻がいいと言っていた。であれば、いったい自分はどんな匂いがしたのだろう。

もう梅子の知っている自分はこの世にはいないのだろうか。たとえ目が治ったとしても、梅子は自分を杉元佐一だと受けいれられないのだろうか。

色々な感情が押し寄せて、杉元はたまらずその場から逃げるように走った。息も絶え絶えになりながら、どこへ向かうかもわからず、杉元はただ内側に溜まった何かを吐き出すかのように走っていた。

＊＊＊

「血の匂いがしたのか……戦争に行って何か変わっちまったのかな」

記憶の旅を終えた杉元は、俯《うつむ》きながら呟いた。

杉元が話している間、アシ𛅥パはずっと黙って話を聞いていた。

特に何かを尋ねる事もなく、かといって咎《とが》める事もせず、ただアシ𛅥パは目を見て杉元の話に耳を傾けていた。

いったい彼女のその透明な瞳には、自分はどう映っているのだろうか。彼女は自分の話を聞いて何を思ったのか。

こんな理由でも、まだ傍にいてくれるのだろうか。

気にはなったが、ともかくこれが嘘も脚色もない、杉元のむき出しの過去だ。

「あれだけ殺したんだ。俺の地獄行きは決まってる。だけど、その前に寅次との約束は果たしたい。梅ちゃんの目を治してやりたい。だから金が必要なんだ」

とても個人的で小さな、第七師団の大志の足下にも及ばない理由。

だが杉元にとっては、何よりも代え難い理由だ。そのためであれば、杉元はこの命全てを使い切る覚悟はある。

約束を果たすまで、自分は死なない。たとえ死の間際、誰に覚えてもらえずとも。

それまではずっと不死身の杉元で居続ける。

それが杉元がここにいる意味で、生きる意味だった。

「カント　オロワ　ヤク　サク　ノ　アランケプ　シネプカ　イサム」

言い終わると、アシリパはどこか謳うように言葉を紡《つむ》いだ。

「……?」

「アチャが好きだったアイヌの言葉だ。意味は」

天から役目なしに降ろされた物はひとつもない。

「戦争がどれだけ悲惨なものだったか私にはわからない。だがお前は生き残った。生きている限り役目がある」

「……」

ああ、そうだ。自分には役目がある。そしてそれは杉元だけでなく、アシリパもだ。

「私はアチャがなぜ殺されなければならなかったのか、真相を突き止める。お前は手に入れた金で約束を果たせ。それがお前の役目のはずだ。杉元、私達で金塊を見つけるぞ」

とアシㇼパは呼びかけた。

「……ああ」

杉元も頷き返す。

アイヌの金塊の謎も、刺青の謎も、第七師団との因縁もまだ全てが道半ばだ。これからも杉元の道には、耐え難き困難や苦難が待ち受けているのだろう。

それでも彼女となら、いつか道の先へと辿り着けるような気がしている。

ただの直感ではあるが、こういうものに理由を考えるのは無粋だろう。

今はこの直感を信じて、彼女と一緒に歩いていこう。

そう決意する杉元を、太陽の光が優しく照らした。

＊＊＊

穏やかな天候とは裏腹に、土方が潜む長屋は薄暗く陰気に満ちていた。

牛山は特に何かをするわけでもなく、隣室から土方へと目を向け続ける。当の土方は先程からずっと刀の手入れを行っていた。

堺町通りで刀一振りのために大立ち回りをしたかと思えば、こうして絶えずに研ぐあたり、今でもこの男の本質は侍なのだろう。纏う空気も刀のようにぴんと張り詰めている。

これが、あの動乱の幕末を生き抜いた男の気概か。

牛山が一人で土方を値踏みしていると、ふいに何者かが部屋を訪れた。

「当座の資金と、ロシアの商人から外国製の銃をいくつか」

その男は、おもむろに卓上へ銃と現金を並べ始める。共にばかにならない数だ。

土方と同じ、老齢の男性だった。

顔中に刻まれた深い皺と、多くの事象を見てきたであろう懐の広い目が印象的だ。

同じなのは年齢だけではない。男が纏う匂いも土方と酷似していた。

言ってみれば血の匂いだ。男の全身からは、戦場に身を置くもの独特の錆《さ》びた臭いが充満している。見た目こそ物静かだが、やはりこの男も土方と同じ類の獣だ。

男の気に当てられた牛山が殺気を向けていると、土方が満足そうに頷いた。

「礼を言うぞ。永倉《ながくら》」

永倉、今土方は永倉と言ったのか。思わず牛山は身を乗り出す。

「永倉？　まさか新撰組の？」

永倉新八《しんぱち》。土方と同じ新撰組所属の侍で、かつて二番隊隊長も務めた新撰組最強の剣士だ。鳥羽《とば》・伏見《ふしみ》の戦いでは決死隊を率いて新政府軍に切り込むほどの豪傑だったが、それ以降はあまり表に立つ事なく、箱館戦争でも参戦はしなかったという。

いずれも土方と同じ歴史の亡霊だ。そんな人間までこの金塊争奪戦に参加するとは。

「老いぼれどもが。あんたら北海道でまた蝦夷共和国でも作るつもりか？」

二人とも否定はしなかった。つまり、彼らはまた箱館戦争の再現をするつもりなのだ。

だが、目的がそれだとすると、今回の金塊争奪戦は規模が違いすぎないだろうか。

「どいつもこいつも金塊二〇〇貫で夢見すぎじゃねーのか？」

いくら金塊が大金だとしても、所詮《しょせん》は八〇億程度だ。個人で楽しむには充分だが、戦争を営むにしてはあまりにも心許《もと》ないだろう。そもそも当時の蝦夷共和国も、資金繰りには苦労したという話はある。

それなのにこの二人は、なぜ二〇〇貫ごときの金塊に躍起になっているのだろうか。

「二〇〇貫ではない。二万貫だ」

しかし、土方は覆《くつがえ》す。この争奪戦の根幹を、前提を。

「…………二万貫の、金塊？」

「のっぺら坊は目的が一致する私だけにそう伝えてきた」

二万貫。現代の価値にしておおよそ八〇〇〇億円だ。その砂金の量は、既に当時の国家予算の三分の一程度。だが金の相場は国外に持ち出せば更に跳ね上がる。

「国が作れる気がしてきただろう？」

「……」

思わず露になった事実に、滅多に動じない牛山も瞳孔を見開く。となるとこの争奪戦、この情報を知っているか知らないかで、重みも各々《おのおの》の目的も変わってくる。

「鶴見中尉というのは情報将校らしい」

「恐らく正確な金塊の量を把握しているでしょうな」

呆けている牛山を余所に、二人はいたって冷静に武器調達を続ける。だが土方は少しだけ手を止めると、何かを思い出すかのように上機嫌に笑った。

「──あの軍人、良い面構えをしていた」

その笑みは、思わぬ強敵の登場を喜んでいるからなのか、それともこの争奪戦自体の様相が変わりつつある事を予感しているからなのか。

「これから北海道は、戦場になる」

土方は声に愉悦を滲ませて、刀剣に映った自らの顔を眺めていた。

＊＊＊

杉元がアシリパと共に桜鍋を囲んでいると、軍服姿の白石が現れた。

「おー、いたいた！」

一瞬第七師団かと身構えたが、第七師団でこんな間抜けな顔の兵士はいないだろう。間違いなくその人物は白石だ。

だがこんな雪山の小屋に、いったい何の用だ。

「こいつ、なんで？」

尋ねると、白石は持ち前の明るい笑顔で両手の親指を立てた。

「第七師団も土方達も出し抜いて、俺達三人で金塊山分けしようぜ」

「……」

この男が言うと簡単な事のように聞こえるから困る。やれやれと思いながらも、杉元達の口元は自ずと緩んでいた。

それから鍋の中がぐつぐつと煮えたぎった頃だった。

アシリパは、白石が手に持っていた溶き卵が気になったようだ。そのまん丸とした目を輝かせ、興味深げに眺めている。

「――なんだアシㇼパちゃん、桜鍋初めてなの？」

白石は、上機嫌で溶き卵に肉を合わせてアシㇼパに見せる。何だかこの二人、杉元が知らない間に随分仲良くなったようだが気のせいだろうか。

「いいか？　溶き卵にこうやって肉をつけるんだぜ」

「こうか？」

アシㇼパは白石の見よう見まねで卵を溶く。こうして見ると、二人は歳《とし》の離れた兄妹《きょうだい》のようで微笑ましい。おまけにこの場所には硝煙の臭いも血の匂いもしない。

杉元はそんな素朴で賑やかな食卓を、どこか懐かしむような目で眺めていた。

本当にあの殺伐《さつばつ》とした夜が嘘のようだ。どうせすぐに次の嵐が来るのだろうが、今だけはこの皿を楽しむ事としよう。と杉元は穏やかな顔で馬肉を口の中に含んだ。

とたんに、濃縮された旨味《うまみ》が杉元の舌いっぱいに広がる。

「うまい！　こりゃたまらんな」

「あっさりした馬肉にコクのある味噌が合うぜ！」

杉元と白石は当たり障りのない事を言ったつもりだったが、残念ながらアシㇼパの気には障ったみたいだ。味噌という単語を聞いた瞬間、彼女は明らかに不機嫌な顔をした。

「杉元、これオソマが入っているのか？」

これは不味い、アシㇼパの心の扉がどんどんと閉じていっているのがわかる。

「アシㇼパさん、実は桜鍋には味噌が欠かせないんだ」

慌てて杉元が説得するも、アシㇼパは桜鍋を親の仇のような目で見ている。

少なくとも食べ物に向けるような目をしていない事は確かだ。

これは厳しいか。杉元は観念して大きく息を吐いた。

「わかった！　味噌なしで作り直そう」

とたんに白石は「えっ！」と絶望した顔をするが、杉元だってカワウソの頭の丸ごと煮を食べる時には躊躇した。これから長く背中を預け合う以上、こういうものもわかり合って生きていくしかないだろう。

諦めかけた杉元だったが、アシㇼパは覚悟を決めたように箸を持つ手に力を込めた。

「アシㇼパさん？」

これはまさか、アシㇼパはオソマを、いや味噌入りの桜鍋を食べようとしているのか。

杉元が見守る中で、アシㇼパは恐る恐る口を開く。そして意を決して、溶き卵に絡めた肉をぱくりと食べた。

「……」

しん、と場に似つかわしくない静寂が降りる。

何だか戦場とは違った意味の緊張がある。杉元はアシㇼパの一挙一動を見守っていた。

だが決着は一瞬だった。

杉元がごくりと生唾を飲み込む中、やがてアシㇼパはぱあっと目を輝かせた。

「オソマおいしい」

太陽のような笑顔に、杉元も思わず相好《そうごう》を崩す。

今後もアシㇼパとは長い道を歩いていく。長く背中を預け合う以上は、こんな風にわかり合える時もあるのだろう。

「うんこじゃねえっつの」

こういう風にわかり合っていけば、いつか自分達は本懐を遂げられる。

「何だかわかんねーけど、気に入ったみてぇだな」

「ヒンナヒンナ。オソマおかわり！」

とりあえず今日は、桜鍋に舌鼓を打つ事にしよう。金塊探しはそれからだ。

杉元は再び口に馬肉を運んだ。

しかし、それにしても美味い。

こうして美味いものを食べて美味いと言える事が、今はどれだけ有り難い事か。

「ヒンナだぜ」

空は快晴。

三人の陽気な声は、それから暫く小屋から聞こえ続けていた。

彼らの金塊を目指す冒険は、まだ始まったばかりだ。

（了）

※この作品はフィクションです。実在の人物・団体・事件などにはいっさい関係ありません。

集英社オレンジ文庫をお買い上げいただき、ありがとうございます。
ご意見・ご感想をお待ちしております。

●あて先
〒101-8050　東京都千代田区一ツ橋2-5-10
集英社オレンジ文庫編集部 気付
宮本真生先生／野田サトル先生

映画ノベライズ
ゴールデンカムイ

集英社
オレンジ文庫

2024年1月24日　第1刷発行

著　者　宮本真生
原　作　野田サトル
脚　本　黒岩　勉
発行者　今井孝昭
発行所　株式会社集英社
〒101-8050東京都千代田区一ツ橋2-5-10
電話【編集部】03-3230-6352
【読者係】03-3230-6080
【販売部】03-3230-6393（書店専用）
印刷所　TOPPAN株式会社

ISBN 978-4-08-680541-4 C0193

アイヌ語・文化監修：中川　裕